shi xiang jia
师想家

一书百封信

唤醒老师成长的渴望

HUANXING LAOSHI CHENGZHANG
DE KEWANG

周国平 ———— 著

山西出版传媒集团　山西教育出版社

图书在版编目（CIP）数据

一百封书信 ：唤醒老师成长的渴望 ／ 周国平著. —
太原 ：山西教育出版社，2024.6
ISBN 978-7-5703-3884-9

Ⅰ．①一… Ⅱ．①周… Ⅲ．①书信集-中国-当代
Ⅳ．①I267.5

中国国家版本馆 CIP 数据核字（2024）第 062072 号

一百封书信：唤醒老师成长的渴望

YIBAI FENG SHUXIN：HUANXING LAOSHI CHENGZHANG DE KEWANG

责任编辑 陈旭伟
复　审 姚吉祥
终　审 康　健
装帧设计 陶雅娜
印装监制 蔡　洁

出版发行 山西出版传媒集团·山西教育出版社
　　　　　（太原市水西门街馒头巷 7 号　电话：0351-4729801　邮编：030002）
印　装 山西聚德汇印务有限公司
开　本 720×1020　1/16
印　张 22.5
字　数 221 千字
版　次 2024 年 6 月第 1 版　2024 年 6 月第 1 次印刷
书　号 ISBN　978-7-5703-3884-9
定　价 66.00 元

如发现印装质量问题，影响阅读，请与出版社联系调换。电话：0351-4729718。

自　序

写作：我的一种生活方式

2023 年 8 月 9 日，应朱向阳兄的邀请，我参与了"新课程背景下学校教育创新与管理变革"学时培训，并作了发言。

没有想到，这次的发言引起了杭州大视野教育图书有限公司潘晓伟先生的注意。通过几次聊天，我们很快就签订了出版协议。潘总应该是个性情中人，在接下来的短短几天内，我们就确定了书名、交稿日期、出版时间以及此书的定位。面对突如其来的好消息，我除了激动，更有一份感动。这将是我的第三本教育专著，也是我一直在写作上耕耘的最丰厚的收获。

这是一本继 2021 年出版的《书信的力量——"百草"校长的 99 封教育书信》后，又一本关于给教师书信的书。我在整理信件时，翻看了两个阶段的书信，发现主题上并没太大的变化，但不同的时期，对不同的人和事，我会提出不一样的建议。将两本书放在一起看，我会发现自己的思考深度更深了。

本书大致会从教育理念、自我管理、教育创新、阅读写作等方面，和老师们分享我个人的一些心得体会。从工作角度来讲，它只是我作为校长面向老师的一种文化传播；但是从传播的角度来讲，它又是我送给全国各地朋友的一份礼物。因为这些信件的读者除了本校教师外，还有一批来自全国各地的朋友。有了大家的阅读，我会更有写下去的动力。

我曾在新加坡访问学习三个月并坚持每天写作，最后集结成了15万字的《新加坡游学记》。有意思的是，自己每天的创作，竟成为别人的"连续剧"。有朋友告诉我，每天晚上都要等我的留学日记。

这让我意识到写作不仅让自己获得了学习、观察和记录的能力，而且通过文字的方式，影响到了身边的朋友。这对我们这些自称为"教书育人的老师"来说是一种非常有力量的东西。

昨天是开学第一天，我把自己写的《新加坡游学记》作为奖品奖励给班级里暑期写作最多的学生吴薪瑞。我能感受到，这份奖品对他来说意义非凡。也许这部作品将成为他今后更加努力学习的动力。我还告诉同学们，老师还会有新书出版，将来都可以奖励给他们。

我相信，这个过程就是一个教育的过程。

经过十几年的写作锻炼，自己的文章经常会出现在报刊上。这对我来说，是莫大的成长与鼓励。作为校长，我更期待我的同事，也能够从中获益。

我曾在本校老师中发起了很多关于写作的挑战，其中一项挑战是要他们轮流给我回信。这项挑战使不少老师受益。有的老师开始给学生家长写信，有的老师每周给学生写信。许多老师因这些挑战有了在报刊上发表文章的经历，甚至一部分老师的写作量已达10万字以上。我想，他们如果把数字再翻一番，距离出版一本书的日子就不是很远了。

正是因为看见了远方，所以我们才走得更有劲。

如今，我每周给老师们写一封信，老师们轮流给我回一封信，已经成为了学校的一种文化。写作，应该成为老师们的一种生活方式，可以像我一样写信，也可以发一条有能量的"朋友圈"，还可以记录自己孩子的成长故事……

除此之外，我正在尽自己所能，去影响同事以外的同行们。我希望各位同行读到此书时能够有所启发、有所行动，让我们一起做一些有意义的事情。

2023 年 9 月 2 日写于桐溪河畔

目录

第一章

创新能力是教师的竞争力

CHUANGXIN NENGLI

SHI JIAOSHI

DE JINGZHENGLI

作为老师，能不能在工作中获得幸福感，很大程度上取决于老师能不能在繁琐的工作中找到自己的方向，然后有所创新地实施自己的教育理念。创新意味着要学会思考。老师们要在实践中思考，在思考中实践，从而不断提升自己的职业素养和综合能力。

怎样培养学生安静读书和写作业的习惯？

尊敬的各位老师：

大家好！

上周，我校正式启动学生早读和托管管理的程序设计活动。这一周，我主要的工作就是发现问题和反馈问题。从整体来看，成效不错。请大家继续以这样的要求和程序来训练学生，直到训练有素为止。

通过几天的尝试体验，不知道大家是否产生了一些问题？我是有几个问题想和大家交流的。

问题一：老师在托管时发现学生作业写完了，就要求学生拿上来批改，于是学生开始排起长长的队伍，这时整个班级的秩序就有点混乱了，怎么办？

我想，有两种方式来解决。一是学生写完作业之后，放在自己的桌子上，开始进行阅读任务。老师到每一个同学桌前批改，批改一本立即反馈一本，效率更快。最后让学生统一上交作业本，非常整齐。这是我经常用到的方法，而且有时候直接就靠在学生的座位旁边批改，还可以增进彼此间的情感。

二是学生写完作业之后，自己送到老师作业批改区，然后返回座位上进行阅读任务。这个方式可能老师们比较喜欢。

问题二：学生写作业时需要讨论，或者要向别人借文具，怎么办？

类似的事情要定好规矩并要求学生养成习惯，进入托管课前，学生要处理好各种可能发生的情况，比如上厕所，并在进入托管课后完全进入写作业状态。

在训练专注写作业的习惯时，不允许学生交头接耳。如果需要借文具，请学生举手示意并在得到老师同意后方可。哪怕是得到同意了，学生也要保持安静，用手势或低分贝的声音向同学借东西。

学生间如需要进行讨论，老师们可以让几个孩子单独到走廊或者阅读区，用低分贝的声音进行交流。

问题三：不是班主任或者该班任课老师，学生纪律管不住，怎么办？

这个问题是对教师专业成长的一个考验，教师应该学会如何巧妙地让一个班级保持安静，而不是用大声吼叫或者拍桌子的方式。管不住的原因，往往有这么几个方面：一是我们自己对纪律没有敏感度，误以为学生就应该闹闹哄哄的；二是这个班级整体学风就不大好，这跟班主任前期工作有关；三是我们没有想办法去解决这个问题。

现在学校的要求已经明确，托管就是写作业和阅读。在这期间，学生没有任何与他人交流的必要。所以，老师一进入教室，就要强调现在开始写作业，如无必要，不要出声，不要离开自己的位子。写完作业后，学生应立即进入阅读状态。第一个开始讲话的学生，课任老师可以拍照记录并转交给班主任。

老师讲完要强调的话并询问现在是否可以开始。学生通常会说可以，那么老师正式宣布开始。

其实，这个过程就是让学生学会敬重老师。

我以前常说，教室里最吵的那个人可能不是学生，而是我们老师。我们高分贝的声音，或者随意与他人讲话，或者接听手机，都可能使老师成为最吵的那个人。

当我们自己安安静静地，并且有仪式感地宣布开始时，学生就会跟着我们的声音进入状态。

问题四：早读时，我们不允许学生走动，不能讲话，那么交作业怎么办？

周五早上，我走遍所有教室，发现只有一个班级有点吵闹，一问才知道当时是学生在交作业。

关于交作业，有没有必要让学生出来交？是否可以有其他形式代替呢？或者给一个固定时间？我们说过进教室前要上好厕所，进入教室后就要读书，学生就没有讲话的必要。那么，如果允许他们交作业，就会给他们讲话的机会，导致课堂纪律一发不可收拾。

所以，采用这两种方式可能更好：其一，四人小组组长收集，课后直接交给老师；其二，学生到教室后，先把今天要交的作业本放到桌角，等老师来了以后，用一分钟时间由组长收取后统一上交。

总之，我们要为早读扫清一切讲话的可能因素，确保学生专注阅读和朗读。要养成什么时候就做什么事的习惯，让学生变得非常有秩序。

以上就是我一周观察想到的问题，请大家探讨交流。

祝大家愉快！

与大家同行　周国平

2021 年 6 月 3 日

需要经常想想未来的样子

尊敬的各位老师：

大家好！

原本今天是可以回到学校的，但是受疫情影响，我还不能归队。已经在家里四天了，足不出户的日子，其实是不舒服的。还好，我安排好了自己的时间，不会让自己总躺在被窝里。

这种独自居家的心理，还是有些不一样的。大家可以看我前面四天的日记，其实内心是有一些忐忑的。好了，不说这些了。继续和大家聊聊这周的话题。

最近几天，我读到一些文章，很受启发。这些文章都是关于努力和自律的，但却是从不同研究领域去表述的。它们有各自专有的学术名词，都很专业。我看完之后，发现其中的道理其实都差不多。

概括起来说，一种是为努力而努力，为自律而自律；一种是有了更高层次的追求，为了理想而努力、而自律。说实话，这几篇文章我都想推荐给大家，但又怕推多了，引起大家反感。

还是用书信的形式吧。恰好，我这周定下的书信主题是"需要经常想想未来的样子"。

老师苦，老师累，老师因什么苦，因什么累？作为老师，我们有其他职业的体验吗？我们苦累与否的参照物是哪些职业？

我曾经说过，现在的教育环境，没有哪个老师说自己是不忙的。其实，我们不难发现在我们的群体中，有很多优秀的老师比我们大多数老师更忙碌。奇怪的是，他们很少有喊苦喊累的。相反，他们绝大多数都是乐在其中。

这是为什么呢？

我想可能就是因为他们知道自己在干什么，知道自己未来要成为什么样的老师。因为有意义，他们就有行动的力量；因为有向往，他们就有克服困难的意志力。

多数老师对于当下工作的意义感不强，对未来人生的规划不清晰或者压根没有，所以很难把百分之百的热情与精力投入到工作中去。

我们可以做一个很简单的测试：假如在下班前一分钟，大家的工作热情消耗殆尽，最希望回家躺着的时候，我们发了一个通知：学校将于周末组织老师前往九寨沟旅游，请各位老师立刻前往工会报名。我相信绝大多数老师，会立马充满激情。因为大家对九寨沟有着向往。

假如我们发另一个通知，其他都一样，只是换掉景点，改成到我们镇的桐溪景区旅游，想必大部分人都和前一分钟的样子是一样的，甚至有一些人完全不想参加。

由此可以看出，我们内心所认为的意义感，决定了我们的意志力。

不管怎样，书还是要教的，学生还是要教育的。该做的事情，我们一件都少不了。就像生活一样，开心是一天，不开心也是一天。怎样才能让自己开心呢？怎样才能让自己享受工作的乐趣呢？

我看是不是可以经常想想自己未来的样子。我未来究竟要成为什么样的老师？我希望若干年后，学生开同学会邀请我，我可以给他们讲什么故事？或者，与未来的年轻老师在一起，我可以帮他们做点什么？还是"我已经老了，你们应该照顾我，让我少点工作"？

这样的问题，大家还可以继续问自己。

最近，一篇题为《一个城市里名班主任到了乡镇中学后》的文章火了。未来城乡交流或许会越来越频繁，我们该如何看待这种事？抱怨？还是接受当下，并乐于工作？

不管怎样，意义感很重要。我们越来越需要明确我们工作的长远意义。你希望自己在退休前，能成为什么样的老师？

祝愉快！

与大家同行　周国平

2021 年 10 月 25 日

始终保有好奇心

尊敬的各位老师：

大家好！

上周六早上，我拍了一段吉他弹唱视频发到了"朋友圈"，获得了本年度最多的一次点赞。

我平常喜欢发"朋友圈"，为什么其他信息点赞很少，而唯独这个会特别多呢？有几种可能：一是点赞者自己也喜欢音乐；二是点赞者真心觉得我学得还不错；三是点赞者感到很好奇，认为我都这么一大把年纪了还学吉他，而且还发自拍的视频。

总之，这次"朋友圈"的点赞量有点让人惊讶。

我不懂音乐，但是喜欢唱歌。二十一年前买的吉他至今才学。为什么至今还学呢？我觉得就是好奇心在起作用。

我觉得好奇心对我的影响特别大。比如校园里的这棵朴树，它长在这里几十年了，很少有人知道它叫什么，尽管它如此优雅地长在你旁边。而我大概是全校第一个知道它名字的，并且给它命名了一个校园景点。再如，昨天与大家讲的桐溪校区的保安，凭着自己的书法功底，每天写毛笔字，一年的收入近十万元。这是我去桐溪校区几次之后发现的。

这些发现虽然不是什么很重要的发现，但是它的确是好奇心在起作用。

再来说说汽车图书馆吧。它是什么时候来到我们学校的，我也说不清。直到上次李晶晶老师演讲，我才发现她在汽车图书馆里寻到了宝贝。这时我才意识到很多老师从未踏上过这辆汽车，当然也就难以发现它所带来的作用。如果我问老师们为什么不去看看，一定又会有老师说没有时间。其实，事实不是这样的。中午吃完饭，路过汽车图书馆，上去下来最多两分钟。

是什么原因导致大家都不去汽车图书馆呢？我觉得还是好奇心的问题。现在很多人只对手中的拼多多、淘宝、抖音以及游戏始终保有好奇，对其他事情已经毫无兴趣了。

昨天，我们校委会的几个老师在讨论如何训练讲故事。我分享了"要学会停顿"的技巧，大家都觉得很有道理。于是，张跃老师问我是不是对讲故事这种事情特别有天赋。

我说可能有吧，但更多的是训练。我经常参加一些会议或者活动，发现有的人讲话激情澎湃，有的人讲话娓娓道来，有的人讲话平铺直叙。对不同的人，我自己的内心感受是不一样的。我会思考，什么样的讲述方式是更为大众所接受的。再加上参考网络上的"TED"和"一席"的演讲，我就慢慢地修正自己的演讲风格。

然后，把这种习得运用到每一次的分享中去。久而久之，就有了不少提升。你看，其实这当中也是好奇心在起作用吧？因为好奇，所以才去观察，才去思考，才去改变。

有人会觉得好奇心是天生的，可能是吧，但也可能是训练的结果。

就拿我们的班级文化布置为例吧。最近几年的班级文化布置与以往相比有了本质上的提升。这种提升，源于大家对这件事情有了更强的好奇心。在做班级文化布置时，你是否有这样的感觉：总觉得这样布置不够好，改一改书柜的位置，或许更好一点；这个地方要是增加一个阅读区就更温馨了；在逛商场或者旅游时，看到了某个角落布置得真不错，于是就拍照存档，在班级文化布置时拿出来参照使用。

那么，这种好奇心是怎么来的呢？其实，就是对某件事情的专注。你越专注于这件事情，你就会对与这件事情有关的其他事情产生好奇。而这种好奇，又会让你对这件事情产生更多的关注。如此，就变成了一个循环。久而久之，好奇心就更强了。

当然，怎么样才能保有好奇心，我还没有说明白。总之，先让大家有这样一个认识。或许，你就开始有好奇心了。

祝大家工作愉快！

与大家同行　周国平

2021 年 11 月 23 日

原来棒棒糖不仅是奖励

尊敬的各位老师：

大家好！

首先，预祝各位女老师节日快乐！

多年前，我跟老师们说过不要依赖棒棒糖来奖励学生。因为我通过学习了解到这样的奖励，会把学生的注意力转向物质的、外在的追求，而不是学习本身。

后来，我发现许多老师仍然使用棒棒糖，高年级的老师可能还用方便面和爆米花等零食来奖励学生。

那么，老师们为什么这么喜欢使用这个奖励机制呢？一定是老师们发现这个奖励机制可以解决他们具体的评价问题，并给学生带来一定的动力。

于是，我就在纳闷：书上讲的为什么都不对呢？

一次，在听魏老师的课时，同样也有老师提出这样的疑问。魏老师给出的回答，让我恍然大悟。原来，这种物质的奖励，不是奖励本身起作用，而是棒棒糖所带来的"副作用"产生了作用。

因为棒棒糖让学生看到了老师愿意和孩子们一起享受快乐，学生感受到的是老师的爱。也就是说，这个时候学生接收到的不仅是奖励，还有老师对他的爱。棒棒糖对于孩子们来说，比较容易获得，但是老师给的就是不一样。重点就在于是"老师给的"。

再比如，我们学校有的班级因为学生在五项循环竞赛中获得了好成绩，班主任就会奖励他们美食。在享受美食的过程中，学生感受到了老师对他们的爱。老师不是一味地严肃，而是可以和他们一起享受快乐的。

通过以上分析，我们可以感觉到棒棒糖此时已经变成了师生关系的一种象征。其实，这种奖励的有效性本质上是师生关系在发生作用。

原来，棒棒糖不仅是奖励，更是改变师生关系的物质纽带。

我们不管是在阅读儿童文学作品，如《特别的女生撒哈拉》，还是观看电影，如《放牛班的春天》《自由作家》，其中学生的改变，都是师生关系在发生着巨大变化。这些老师都是用自己的真心实意，或者说满满的爱来改变原有的师生关系，从而让学生意识到了自己的价值，意识到了人生的意义。

对于人的成长来说，最大的奖赏一定是成长本身。

比如我们想让孩子们喜欢上阅读，有的老师可能会设置很多奖励，但是我们会发现很多时候未必就有效果。有的学生为了得到奖励，可以选择投机取巧。

其实，真正吸引学生去阅读的，一定是阅读本身给他带来了乐趣。我们要做的是让学生去感受到这种乐趣。

那么，该如何让学生感受到阅读的乐趣呢？

首先，要让学生真正读完一本书。有一部分学生，他们读的书是不固定的，他们会随便拿起一本书读一下，就放下了。就像看电视一样，随便看其中的一个片段，是很难让你有欲望一直看下去的。反之，如果一集一集地看，就会让你上瘾。读书也是一样，一定要让学生好好读完一本书。

其次，让学生有表达的机会。看完一本书，如果有人愿意听听他们的所看所得，他们一定是非常高兴的。如果老师们能够参与其中，那就最好不过了。这不仅让师生情感得到升华，还让阅读深入人心。

另外，如果老师和学生一起阅读，最好是固定时间、固定地点，建立学生的秩序感。久而久之，他们会觉得这是一种生活方式，本来就该这样。

当学生真正养成阅读习惯时，阅读本身就是最大的奖赏。你不让他们阅读，他们都会难受。

而在整个过程中，良好的师生关系会让我们事半功倍。不仅阅读是这样，其他学科的学习也是这样。老师们给学生奖励棒棒糖，其本质还是建立良好的师生关系。也就是说，如果我们没有给学生实质性的帮助，只是提供棒棒糖，学生成绩是不会有提升的。

所以，我们更应该做的就是引导学生通过努力，建立学习的秩序感，让学生感受到的学习本身就是最大的奖赏。

祝大家工作顺利！

与大家同行　周国平

2022 年 3 月 7 日

你变着花样去做了吗？

尊敬的各位老师：

大家好！

近几年，随着写作意识的增强，老师们在论文获奖和文章发表上都有了很大的突破。这是一件可喜的事情，但是我希望更多的人能够在这方面有所成就。

一年一度的论文比赛如期而来。上周一，我专门在教师会上讲解了论文写作的要求，也给大家分析了许多例子。周五，又布置大家回去写论文，不知道大家完成得怎么样了？

或许有老师不知道写什么；或许有老师觉得自己的业绩还不够多，还需要积累；或许有老师觉得写不出那么多字数。

我想借着这机会与大家一起交流一下我的体会。大家觉得没有东西写，可能是因为做得不够。我所说的"不够"，不是说大家不努力，而是说大家在做一件事情上缺乏深度。正如打井一样，打了很多井眼，却都不够深，从而导致没有一个井眼出水。这个比喻很形象，大家应该都特别熟悉。那么，接下来我就来谈谈如何玩着花样去做一件事情。

玩着花样去做一件事情，就是让我们在这件事情上想得更多，做得更扎实。以晨读为例，我会从以下几个方面进行思考：

首先，为什么要做晨读？我想的问题是学生早早到校，门到底开不开，开了之后谁来管理？这个时间段用起来之后，对学生有什么益处？把这些问题发散开来想，越想越觉得做这件事情是有意义的，是值得去用心做的。

其次要思考的是怎么做的问题。大家回顾一下就会发现，我们在这条路上已经走了很远。刚开始，我每天都会早早到学校来，挨个巡逻各个班级，发现有问题的班级就拍照发给班主任。

后来我发现，所有学生都在教室里，我很难看到学生在教室里面干什么。于是，我将所有学生请出教室，来到走廊和校园广场上，按班级划片，按固定位置坐好进行晨读。这样有利于可视化管理，哪个班级有情况可以及时发现。

再后来，我发现这样的效果也不好，又琢磨出了用瑞安鼓词来吟唱《古诗75首》。做了一个学期，我发现这样的形式还是太麻烦，而且效果一般。恰巧，当时我读到了一本关于利用程序设计的方法来管理课堂的书，于是就有了后来的"532"晨读法。通过这个晨读方法的训练，我们的学生基本上取得了较为理想的晨读效果。

最后，在"532"晨读法的基础上，形成了我们现在的晨读形式。

　　玩着花样去做一件事情，不是喜新厌旧，而是一个问题的解决过程。众所周知，现在我们在这个问题上已经解决得比较彻底了。我也从每天劳心劳力的状态中解脱出来了。有了这样一个过程，我们的写作内容会更加充实，我们所写的东西会显得更加丰满和有力量。

　　所以，上周我在会上说我可以把"晨读"写成一篇论文。我并不是在吹牛，如果我们都将一件事情进行深入挖掘，都抱着解决问题的思路去做成一件事，那么写论文就有了骨架，就有了方向。当然，也就可以解决我们前面的几个问题。

　　玩着花样去做一件事情，不仅可以解决真实的问题，还可以让我们有论文写作的素材，更重要的是可以让我们体验到什么是成功。所以，围绕一件事总还得想得多一点，做得扎实一点。班级管理、课堂管理、作业管理等有着太多的"一件事"。

　　你玩着花样去做了吗？

　　祝大家工作愉快！

与大家同行　周国平

2022 年 3 月 21 日

遇到问题你是思考还是抱怨？

尊敬的各位老师：

大家好！

最近一段时间，我写了好几篇关于时间管理的文章，不知道有没有让大家产生一些思考。其实，我所写的思考，都是从魏老师那里"看"来的。看多了，就有了自己的思考，就很想写出来。

今天开会时，与大家讨论的话题是"遇到这样的问题你会怎么办？"这是我前段时间看书时突然想到的话题。一是我觉得最近一段时间，老师们读书的兴致不高；二是通过这样的案例讨论，让更多的老师参与进来，可以达到共读的效果。于是，就有了下午教师会上的激烈讨论。

看来，如何让老师读书总是要想出一些办法来的。这就是这封信的主题：遇到问题你是思考还是抱怨呢？

我一直在推动老师们读书，但是真正喜欢读书的老师的比例有多少呢？甚至有的老师，始终都不愿意读书。那面对这种情形，我们应该是抱怨还是思考？当然有些人会选择抱怨，于是他放弃了。但我是会思考的，思考如何促进老师们爱上读书。

这种思考是很有价值的。它会形成一个问题并藏在大脑里，在某一个时间里，它又会突然跳出来。当它跳出来的时候，也就是我想出办法的时候。

就像现在每个班级每周返校前，都需要上传健康码一样。有的班级总是有家长传不上来，需要多次催促。我就在想，如果我是班主任，我会怎么做？我想是不是可以把班级里的家长分成若干组，并设置组长，让他们负责提醒本组的家长上传健康码。

当我这么一说，有的老师立即就会有反应：我们这样的农村学校，家长哪有这样的意识呀！你如果这么认为，就不会有家长来帮助你。因为你在抱怨家长不积极，而没有选择思考。而一个真正会思考的老师会想：为什么我们班的家长们都不支持我的工作呢？

其实在这之前，有一件事情很重要，就是我们要在群里告知大家为什么这么做。最重要的是让家长能够感受到我还有重要的事情在做。比如我会整理班级日志，让家长们看到孩子们在学校里的表现。这样做的目的就是给家长一个信号，我来做专业的事情，其他琐事需要大家的支持。只有这样，我们才能让这个班级变得更好。

当大部分家长都有了这样的认识之后，我们的工作会变得顺畅很多。

遇到问题，一个会思考的老师，总是能够想出解决的办法来。

而且他会在不断解决问题的过程中，迅速积累大量的经验，形成独有的管理方法。

　　只可惜，我们多数时候总是喜欢抱怨。殊不知，我们把精力花在抱怨上，自然也就没有时间去思考了。因为时间对每个人来说都是一样的，就看你怎么分配了。

　　愿大家都会思考！

与大家同行　周国平

2022 年 5 月 9 日

作业交不齐怎么办

尊敬的各位老师：

大家好！

本周与大家聊聊我教五（2）班语文的一些琐事。

刚开始，我毫无头绪。一边是学校工作，一边是教学工作，如何才能调整好，我无从下手。因为课堂作业本和生字抄写本等配套作业都还没有配送到学校。我甚至不知道应该布置哪些作业。每天上完课，我就在想给学生们布置什么作业。

抄写、朗读，还是背诵？我坐在办公桌前看着眼前的语文书，脑子里出现了几个关键词：朗读、写作、口语表达、基础知识。我把这些关键词写在了语文书上，时刻提醒自己不要忘记。我的作业就围绕着这些关键词进行安排设计。

当自己把这些设想都敲定后，原来不安的心也变得安定了。

但是，自己的设想总归是设想，学生到底能不能完成，能完成到什么程度，还是一个未知数？

第一次家庭作业，是基础知识的抄写，除了极个别学生没有完成，其他同学都完成了。我在想，这个班级没有想象的那么糟糕嘛！

但是好景不长，第一次的周末作业，就开始有问题了。星期一上课，我发现好多同学都没有完成"周记"的任务。没完成也就算了，他们完全没有一点羞愧感，好像不完成是应该的。我当时突然感觉检查作业就像是去要债，欠钱的是"老大"。这种感觉想必大家都有深刻体会，一定是有共鸣的。

作为校长，平时我在给大家一些建议时，讲得挺轻松的，看起来也是蛮有道理的。但是真正去面对一个班级时，遇到的学生是各种各样的，比如前面作业交不起来的问题，可不是轻松的几句话就可以搞定的。

说实话，短短的三个星期，我的脾气也上来了。有时候，甚至是咬牙切齿的。后来回家一想，就算是咬牙切齿也没有用呀。这不，昨天让学生把作文誊抄到作文本上，结果又只有十来个学生完成。今天我问了几个学生："为什么完成不了?"有的说没有本子，有的说原来写的不见了，还有的说忘记了。

我想这么多学生没有写，一定是有原因的。他们说的这些原因，也许有一部分是真实的，也有一部分是虚构的。找了几个学生细细一聊，发现他们当中有一部分是真的不会写。这部分学生属于没有能力完成作业。另外有几个学生是家里没有人管，作业对他们来说可有可无。

如果一视同仁，一定会让那些后进的学生感到特别困难。那么，分层作业就显得特别重要了。据学生反映，尤其是数学作业，不会做的题目会占用很长时间。就像语文写作文一样，优秀的学生很快就能写完，而后进生则需要相当长的时间。

除了分层之外，我还可以尝试把课堂让出来，让学生当堂完成作业。这样，学生不懂的问题可以当堂讲解。于是，我在课堂上就尽可能做到少讲，让学生多练。为了让学生都能在学校完成作业，我和几位老师商量，对中午和下午的托管时间进行了分配，尽量做到不是我负责的时间段不布置作业。

最后，我还组织了六七个后进的学生，每天晚上七点召开视频会议。希望通过视频会议的形式让这些孩子得到监督和陪伴。这个方法已经运行了两个星期，学生对此并不反感。

接下来，我打算去一部分学生家里家访，看看是否能在家长方面做一些工作。

说实话，教这个班确实有挑战性。除了作业之外，其实还有一个很艰巨的问题，就是课堂问题。一个班级的问题，是一个系统问题。加油吧！

挑战自我，这种感觉特别爽。

提前祝各位国庆节快乐！

与大家同行　周国平

2022 年 9 月 28 日

穷尽自己就是提升自己

尊敬的各位老师：

大家好！

这封信的题目早早就拟好了，一直拖到今天才开始在电脑前敲下这些字。其实，这封信我想要表达的意思，可能在其他信中都已经提到了。

但是，换一个角度去思考，我们可能又会有一些不一样的感悟。所谓的"穷尽自己"，就是为了一个目标，自己想尽一切办法去达成。如果能够做到这一点，那么我们的成长就会很快。要不了几年，我们就能够在专业上获得一定的成就。但很多时候，当我们遇到问题时，要么选择逃避，要么选择等待别人的帮助或者理解。

这很像班级里的某些学生，在做题时只要遇到一点点困难，就只会等待老师讲解。这种不挑战自己、懒于动脑的学生，往往成绩都不会太好。而我们老师也是一样的，没有动脑，没有挑战，就会原地打转。如果是这样，即便教了十年书，与当年刚入职比较，除了胆子大一点之外，其他好像并没有太多变化。

我发现很多篮球教练自己并不是篮球专业出身，而是因为学校需要有人来带篮球队。但是他们依然带得挺好，在赛场上你根本看不出他们不是专业的。直到今天早上，我才真正发现现在网络上有很多篮球战术和训练技巧的视频。我突然明白了，其实专业背景并不是很重要，只要自己想弄明白，就可以找到很多资源。

这几天，我一直跟人分享这么一句话：只要你足够想，它自然就会来。有老师跟我说，他不是不想努力，而是真的想不到方法。这话，我只认同百分之七十。努力的愿望是有的，但还是没有穷尽自己的思维能力。

当校长的这八年，对我来说是最锻炼人的八年。学校里所遇到的问题，无论什么事情，我都要去面对和解决。学校没钱，要想办法为学校找钱；教师成长需要各种证书，那就想尽一切办法搭建各种平台。这么多年来，自己确实做了不少事情。正是在这个过程中，我穷尽了自己的想法，才有了自己的各种教育创意，才有了自己丰富的教育故事。

我经常开玩笑说，老师们是看着我成长起来的。今天的自己与八年前的自己，已经完全不一样了。对我来说，这就是一次蜕变的过程。脑子越用越好，文章越写越多。我是如何穷尽自己的呢？还是那句话：只要你足够想，它自然就会来。校训、办学理念、校园十景等一切都是"想"出来的。上班想，下班想，做梦也在想。因此，在我的枕头边，放着一个笔记本和一支笔。有时我会半夜醒来，赶紧打开台灯，记下自己的灵感。

这样"想"多了，就更加会想了。

如果我们真的想解决一个问题，那就得穷尽自己的想法。查找资料、阅读各种专业书籍，并把这些所得应用于实践，然后才有可能找到答案。经验，就是这样积累起来的，不断穷尽自己，不断丰富自己。这个过程，是人快速成长的过程。更为重要的是，当再次遇到类似的问题时，我们会变得很轻松。

反之，如果遇事不穷尽自己的办法，事情仍然是事情，问题依然是问题。

穷尽自己，就是提升自己。

与大家同行　周国平

2022 年 11 月 28 日

面对抱怨，我们怎么办？

尊敬的各位老师：

大家好！

生活中，最不缺的就是抱怨的人。校长抱怨没有足够的投入和重视；老师抱怨工作太忙碌；家长抱怨学校不够好。好像有人的地方，就会有抱怨的人，就会有制造负面情绪的人。

喜欢抱怨的人，总会想方设法找到和自己有共同"爱好"的人。我们经常说，你是什么样的人，你的身边就会有什么样的人。或者说，物以类聚，人以群分。

为什么喜欢抱怨的人会相互吸引呢？

爱抱怨的人，在一个群体中始终不是大众。喜欢抱怨的人，生怕别人用道德谴责自己，如果能找几个也爱抱怨的人，他就减少了这种道德负罪感。因此，喜欢抱怨的人就很喜欢和喜欢抱怨的人在一起。根据《乌合之众》中的观点，一个人会跟随群体的行为而变得没有独立思考能力。一些原本并没有明显抱怨行为的人，在这个群体里也会变得喜欢抱怨。当抱怨群体聚集在一起时，大家就会变得越来越会抱怨，有时候甚至还会失去理性，而做出一些让自己后悔的事情。

陈钱林校长在一次讲座中提到他在学校明确规定，老师不允许在学校里传播负面情绪。我觉得这样的规定非常正确。其实，我们每一个人都知道，抱怨不仅不能解决问题，反而会给自己或者身边的人带来不好的影响。那么，作为团队中的一员，我们又该如何去面对抱怨呢？

一、要学会分析，厘清为什么抱怨。 每当遇到不良情绪，或者说抱怨时，我们要分析自己抱怨的原因。真的是因为工作很忙吗？或者是自己觉得受到了不公平的待遇？还是觉得自己怀才不遇？当然，如果能找一个人帮助自己分析一下那就更好了。毕竟，旁观者清。

这样的分析过程，就是管理情绪的过程。我相信，有很多引起抱怨的情绪，会在分析的过程中被释放。有时候有些不好的情绪连自己都不知道从哪里来。因此，我们要分析这些情绪产生的原因，从而找到释放这些情绪的对策，更好地与别人对话。

二、要主动沟通，解决抱怨中的问题。 厘清了原因，知道了自己的问题，那就要主动找寻解决问题的方法。"穷则思变，抱怨则永远不变。""有钱做有钱的景，没有钱更要做有故事的景。"这两句话，我经常跟人分享。当别人在抱怨乡村学校没有经费时，我们在主动解决问题。随着一个个问题的解决，我们的经费似乎变得越来越多，学校也变得越来越好。大家试想一下，如果我们一直在抱怨，那我们能改变吗？

其实，我们遇到的很多问题，在很多人看来根本不是问题。当一个人拥有了解决问题的思维后，很多问题就变得简单了。反之，如果一股脑扎进了抱怨的旋涡中，你会变得无法自拔，你会逐渐丧失解决问题的能力。

因此，当我们想抱怨时，就要找到引起抱怨的点。我们要相信，沟通是解决问题最高明的方式。不沟通，互相猜疑，互相埋怨，彼此都不舒服。如果只是单方面的埋怨，别人并不知道你的埋怨，那你就是自己惩罚自己。

三、要有所控制，不要把别人拉下水。 如果真的不能控制自己的情绪，那也要控制好底线，不要把别人拉下水。我发现有些人自己抱怨一下还不够，非得把别人的情绪也给搅乱了。而且，当搅乱别人的情绪后，他反而高兴了。我觉得一个人抱怨一下也就罢了，如果搅乱了别人的情绪，那就不道德了。

这是底线。

那么，我们如果不幸遇到这种人，怎么办呢？那就要返回到第一条建议，我们要学会分析。

好了，不聊了。

祝各位工作开心！

与大家同行　周国平

2023 年 5 月 10 日

"狠"抓成绩"三字经"

尊敬的各位老师：

大家好！

一直以来，反对应试教育，已经成为我的一个标签。因此，就有人误以为我是不要成绩的。关于这个问题，我在许多场合和教师们强调过，我不是反对成绩，而是反对"不择手段"要成绩。

那么，成绩该如何提升，有没有办法可以供大家参考？这是很多人都想知道的事情。其实，只要我们上网去搜索一下，就能找到很多可以供大家参考和学习的方法。

上周，教导主任潘丹丹老师跟我说，有一些老师是有办法提高成绩的。无论怎样差的班级，只要让这些老师来教，这个班级的成绩就会在原有的基础上有所提高。这些老师都是怎么做到的呢？

我们在校委会上进行了一番讨论，发现了一些有价值的东西。再加上我平时的一些观察，在这里与大家分享，希望能够引起大家的关注和讨论。

首先，这些教师始终相信自己可以带好一个班，而不是始终抱怨这一届学生不行。这种信念是特别重要的，这是一切的基础。只有相信自己，相信学生，才有可能创造奇迹。反之，如果连自信心都没有，怎么可能会有改变呢？又怎能谈得上创造奇迹呢？如果老师不相信自己，这种信号会通过自己的言行传递给学生。学生接收到这种信号，后果可想而知。老师没有信心，学生就没有力量，这不是违心的，而是科学的。因此，我们每一个人都必须相信，自己可以让一切变得更好一点。

其次，这些教师始终有严格的要求，不管学生底子如何，都不降低自己的标准。就拿语文来说，要求学生考试写作文必须达到 400 字以上。这些老师如果发现有学生没有达到这个标准，下午放学后会把学生留下来，让这些学生把字数补足。

但是也有一些老师，班级里学生作文没有写到规定的字数，他们可能会在课堂上说一下，但并没有落实到具体的行动中，甚至连说都没有说。大家试想一下，久而久之，这两类老师所教的学生，将会出现什么情况呢？

再次，这些老师总是有自己的一点小方法，而且屡试不爽。一个相信自己能够提高学生成绩的老师，总是会去琢磨如何保障学生的成绩。还以语文为例，有的老师始终抓住语文课堂作业本的课内阅读题，让学生读背和互相答题。这种方法似乎有些不妥，但是针对乡村学生来说，在答题的规范性和语言的组织上确实存在问题。通过读背互答课内阅读题，可以很好地训练学生的答题范式。在特定的时间里，这是一种不错的选择。

温州著名的特级教师郑小侠老师，每逢高考来临时，都会让他的学生摸摸他的头。他告诉学生，摸摸他的头，可以带给学生好运。我们发现好多老师，都有类似的做法，而且据说都很有用。这是为什么呢？其实"摸摸头"并不会起作用，他这样做，是要通过自己的言行让学生感知到他对学生们的关注。学生体会到老师的用心，学习自然就更加用功。

类似于这样的方法因人而异，还有很多。从某种意义上说，方法并不是最主要的，对学生学业成绩的内在关注和要求更为重要。

写到这，我突然感到这样的"狠"抓成绩，怎么抓都不为过。因为这种"狠"代表老师的一种干劲，代表老师的专业性。

我想通篇概括起来，就三句话：做一个有信念的老师，做一个严而不厉的老师，做一个有方法的老师。如果再简单一点，那就三个字："信""严""法"。

这可以看作是"狠"抓成绩的"三字经"。

仅供大家参考和讨论。

与大家同行　周国平

2023 年 5 月 15 日

第二章

讲故事是重要的表达方式

JIANG GUSHI

SHI ZHONGYAO

DE BIAODA FANGSHI

作为老师，一定要学会讲故事。

我就是一个喜欢讲故事的老师。我在工作中发现，很多事情用讲故事的形式来讲述，大家都爱听。如果只是干巴巴地讲大道理，大家都不爱听。我的每一次演讲都会有故事，所以我的演讲还是比较受欢迎的。

这些故事又是哪里来的呢？其实，就是平时的记录。

内容有了，讲故事的能力、技巧与方法也很重要。经过几次刻意的练习，习得这些本领并非难事。

演讲是教师必备的能力

尊敬的各位老师：

大家好！

这两天我在杭州师范大学旁听了两天的课程，有了一些感悟。虽然是假期，但是也想通过书信的方式，与大家谈谈我学习后的一些想法。今天要谈的话题是"演讲是教师必备的能力"。

7月12日晚，在钱锋老师的"朋友圈"里，看到了马云乡村人才培训计划的课程表，突然有一种要去杭州师范大学旁听的冲动。

于是，和女儿订了7月13日晚11点的火车，第二天早上8点20分就来到了杭州。我们匆匆忙忙来到杭州师范大学，赶上了早上下半场的课程，聆听了演讲培训师余歌的半节课。他分享了三分钟演讲的方法：立马举例、联想自己、分享感受、号召呼吁。立马举例，往往以时间开头，如两年前的一天、记得那年夏天等。听到这儿，我立马想到了上次给大家分享的《像TED一样演讲》这本书。书中提到演讲很重要的一个规则，就是会讲故事。因为每一个人天生都是喜欢听故事的，只有故事最能抓住聆听者的心。

我平时有空也经常会看一些"一席""TED"的演讲，从他们的演讲中，我懂得了人们会喜欢听什么样的讲述。所以，自己平时在各种场合的讲话，也都喜欢用故事的方式向大家呈现。

余歌老师说评判演讲好坏的标准，就是内容、视觉和听觉三个维度。我也有一个观点，演讲不是技巧，而是生命的绽放。就像我经常和老师们说的，论文不是写出来的，而是一步一步做出来的。自己真实的经历，是最能打动人的。不管是"一席"，还是"TED"，他们每一个讲述者，都是在讲述自己经历的事情。正是因为真实的经历，才能引起大家的共鸣，才会被人们认定为全中国、全世界最好的演讲。

演讲的意义在于传输有价值的思想。作为老师，应该学会演讲，应该把自己的思想传达给学生，传达给同事和朋友。近几年来，我多次受邀给别人做演讲。我非常乐意接受他们的邀请，因为通过自己的演讲，能够去影响更多的人，可以改变更多的东西。不断地分享，不断地进步，演讲能力越来越好。所以，经常有人这样夸我：国平的"讲口"真好！

其实，像我这样的演讲水平，是可以很快达到的，重要的是你要经常讲。但是，我觉得要想让自己的演讲能够打动人，有两件事很重要。一是要把事情做到位；二是要把书读到位。这两件事情都到位了，我们才能如数家珍地讲述自己的故事，或者书里的故事。

大家还记得我们上个学期最后一次会议吗？那样的总结会议，

每一个人的分享都很有吸引力。因为每一个人都在讲自己做的，在讲自己的感受，所以大家就觉得很接地气，很有感染力，很受启发。我觉得，这就是最好的演讲。

我曾经写过一封信，主题是"每一次演讲都是一次宣誓"。为了让自己讲得更好，就必须让自己做得更好。讲和做，一定要构建一个良性的循环系统，否则就不能言行一致，不能知行合一。这样的演讲，是最为忌讳的。

我曾经与几位老师分享过，有的学校采取会前抽签即兴演讲的形式锻炼大家的演讲能力。我觉得这个方法我们也可以借鉴，说不定下个学期我们的教师会有些改变。

当然，在改变之前，我一定会再次给大家做一个演讲的培训。今年的暑期师德培训内容，会增加一个板块——学会演讲。因为演讲是教师必备的一种能力！

祝大家暑期快乐！

与大家同行　周国平

2019 年 7 月 15 日

每一个人都应该成为分享者

尊敬的各位老师：

大家好！

网络教师会已经开了三次，每一次除了演讲之外，还有同事给我们的分享。在分享中，我们感受到了分享的快乐，感受到了分享的力量。

所以这一次，我想要和大家谈论的主题是"每一个人都应该成为分享者"。

会后，我对几位分享者作了采访。她们都表示刚接到任务时有点担心自己做不好这样的分享。后来，看到评论区里老师们的互动，又觉得蛮有成就感。于是，对自己的分享又有了自信。

这毕竟是一场直播活动，老师们有这样的担心，是可以理解的。或许，正是因为有了这样的担心，分享的效果才更好一些。

从分享者身上，我们看到了分享的力量。这种力量能够帮助我们看清自己，提升自信。

大家都是倾听者。作为倾听者，我们又是如何看待她们的分享的呢？当看到她们侃侃而谈，听到她们为我们讲述丰富的内容时，是不是一下子就被她们带入到分享的世界里？是不是找寻到了在空中课堂进行反馈的灵感？是不是感觉苏东坡离我们更近了？今后，无论在哪个场合看到《清明上河图》，是不是会自然而然地想起李晶晶老师？从此，我们看《清明上河图》不再只是看热闹。

这就是分享的力量，分享让更多人开阔视野；分享让我们拥有了共同的精神文化生活。

所以，我喜欢分享，也喜欢听别人分享。

行文至此，我把这封信的题目《每一个人都可以成为分享者》改成了《每一个人都应该成为分享者》。我想，这个题目对我们老师来说更为贴切。

分享是学习之旅。

在分享之前，分享者会对所分享的内容进行整理，这个整理过程自然是一种学习的经历。张跃老师讲苏东坡，我估计她读完《苏东坡传》之后，还会回头去搜索，去寻找各种细节。这就是一次深度学习。因此，要说一场分享会最有收获的人，绝对不是倾听者，一定是分享者本人。

分享是合作之始。

空中课堂反馈分享结束之时，就已经有老师采取"它山之石可以攻玉"的方法，在自己的班级尝试。不管哪种职业，同行之间的分享，都特别有价值。同行的分享，会提升整个行业的水平。

我们老师更不能闭门造车，更应该和其他人分享交流，提升自己的专业和非专业能力。

分享是行动之力。

通过分享，分享者更有信心去实践，会在实践中积累更多的分享材料。这是一种循环，是一种令人幸福的循环。分享会让大家看到彼此的可能性。分享并非是专家的专利，同事之间也可以将分享做得很好。看到同事的分享，我们也会当作一面镜子，照照自己是不是会分享；如果是自己分享，又可以分享成什么样。

因此，在一个大家都愿意分享的团队里，分享既可以给自己力量，又可以给同事带来良性压力，这种压力又会成为进步的动力。在这样的氛围下，每一个人都不愿意落后，都希望跟着大家一起向上。

分享是自信之足。

千里之行始于足下，分享是让人更自信的脚步。每踏出一小步，都是让自己变得更自信的一大步。看看那么多名师、专家，没有哪一个不是分享高手。他们的这份自信，就是不断分享出来的。

老师们，我们为什么要做"会前演讲"，而今又为什么要让大家来分享？我想这封信，应该可以帮助大家寻找自己心中的答案。

每一个人都应该成为分享者，让我们每一个人都走在分享的道路

上，成为分享的收获者、体验者！

　　祝大家一周愉快！

与大家同行　周国平

2020 年 3 月 20 日

学会给学生开会

尊敬的各位老师：

大家好！

开学已经一个星期，不管是学校层面的行政工作，还是老师们的教学工作，都已经进入正常的轨道。这几年来，我们的开学工作越来越顺利，教职工们进入状态越来越早。虽说万事开头难，但只要开头做好准备，整个过程就不会太难了。

本周和大家聊的话题，是学会给学生开会，这是每一个老师都应该掌握的技能。我曾经看过一篇文章，是讲红军在条件极其恶劣的长征途中，为什么能够坚持下来，并且取得最后胜利的。其中一个很重要的原因就是毛主席会经常组织某一个级别以上的干部开会。

大家完全可以想象，在那样的条件下，人是很容易丧失意志力的。如果一个人的思想动摇了，会影响到周围的人，就像多米诺骨牌一样。因此，必须做好思想引领，做好愿景的描绘，让每一个人始终相信自己走的道路是正确的。

同理，在我们的教育教学中，想要让学生跟着我们好好学，就得先让他们相信我们。那么，我们就得经常给他们讲一讲学习的乐趣。如果是班主任，就更应该给学生描述这个班级的共同目标和愿景，让他们喜欢这个班级，喜欢在这里读书学习。

因此，作为班主任，就应该开好每一次班会，把自己对班级的期望及对同学们的要求，都讲清楚、讲明白。通过一次次的班会，让每一个学生都知道自己应该做什么、不能做什么，让班级形成一种良好的学习和生活的氛围。

作为任课老师，也应该时常抽一些零碎时间与学生开一个短会。对本学科的常规要求，要对学生多次强调并进行反馈，从而让学生形成良好的学习习惯。

给学生开会时，应该注意内容和形式的创新与结合，避免无趣、无聊和无料的会议。

比如运动会前的班级动员会，我们是否应在如何营造班级集体荣誉感上多做一些文章？通过班会让学生出谋划策，开展具有班级特色的活动。再比如，在如何让学生体会到父母之爱、教他们学会感恩方面，我们可以选择给学生读绘本故事《爱心树》。当然，老师们经常给学生过的集体生日，也是我们开会的机会。和学生一起商量怎么过生日既有意思，又有意义。

其他学科老师与学生接触的时间虽然相比班主任较少，但还是要尽量挤出一点时间，给学生开几次学习经验分享会。可以让优秀的学生或者进步最大的学生来谈一谈他们的学习方法和经验。

当然，我们还可以和学生讨论，如何做好一次学科作业展示会。

这样一来，我们与学生所开的会议，不仅在内容上丰富了，形式也更加多样。我相信，学生一定会非常喜欢我们营造的这种开会的氛围。更重要的是，通过给学生开会，学生们学会了如何做事情，如何将事情做得更好。

通过这样的会议，学生感受到自己是被需要的，增强了他们在班集体中的责任感和义务感。长此以往，班级集体荣誉感就更强了，努力学习的氛围就形成了。

老师们，一定要学会给学生开会！

祝大家工作快乐！

与大家同行　周国平

2021 年 3 月 9 日

每一个老师都应该成为讲故事的高手

——听完班主任论坛给老师们的一封信

尊敬的各位老师：

大家好！

昨天，我一整个下午都在听班主任论坛，我给每一个演说老师都做了微点评记录，颇有些收获。但是最重要的还是再次确认了我的判断：要想讲得好，必须做得好。

一说起演讲，许多老师就觉得跟自己无缘，因为对自己的口才没信心。但是，我越来越发现，其实每一个人都拥有演讲的能力。就昨天的论坛而言，我能够感受到其中有几位老师平时的口才是不怎么好的，甚至，对上台演讲是有较大恐惧感的，或者说，他们可能从来就没有想过演讲这回事。可是，就这么上台了，而且讲得还不错。

口才与讲故事息息相关，那么，怎么样才能成为讲故事的高手呢？

平时，会有人夸我口才好，就连魏智渊老师也夸我是讲故事的高手。我认为前后两者有两层不同的意思：前者更多是认为我口才好，有技巧，所以就讲得好；后者是指所谓"讲故事的高手"，就必须知道怎样的讲述是大家想听的。要想成为讲故事的高手，不仅要靠讲，更要靠创造。我更喜欢魏老师对我的评价。

讲故事是需要技巧的，不管是语调、语速，还是肢体语言等，都需要训练。我听过初、高中老师的演讲，跟我们小学老师的演讲完全不一样。通过比较可以发现，初、高中班主任的演讲更为自然，而小学老师在演讲时会带有表演的成分。有时候，小学老师会把台下的听众都当成小学生，演讲时会特别抒情，再加上背景音乐，简直就像朗诵一样了。

平时怎么与人讲话的，就怎么在台上讲故事。 许多人舞台经验有限，上台后手不知道放哪里。我们要充分利用我们的双手，让它们成为我们的辅助语言。动情处，我们的手是有感觉的，要把这种感觉通过手表达出来。我经常跟老师们说，演讲时我们要"手舞足蹈"，不能让手"游手好闲"，更不能站军姿。

要完成这样的提升，对着镜子或者同事，多讲多练就可以得到解决。

要想成为讲故事的高手，还要学会讲出画面。 "讲出画面"就是我们常说的代入感。通过时间、地点和人物等要素，我们可以构成一个画面。如"2007年夏天的一个早上，我推开教室的门，'砰'的一声……"这样的讲述，就能够立即带着我们进入画面。

要想成为讲故事的高手，最重要的是要结合自己的经历。 讲述自己的经历是最能打动人的。

有些人，真的可以说是口才好，他口若悬河，但是我们却始终感受不到他演讲内容的生命力。这就很难打动人。昨天论坛上的 12 号选手张迎春老师讲述她的故事时，我们就能够从她的肢体语言、语调和语气中感受到她演讲内容的生命力。这使我们身临其境、感同身受。

另外，任何故事都要有冲突和问题。只有通过解决冲突和问题，才能够推动故事的发展。14 号选手讲到家长卡的使用，这就是一个例子。很多人一讲到具体的做法时，都是顺顺利利、没有问题的，这样的做法很值得商榷，或者我们根本就没有深入去做。我当时在想："家长卡，把学生在家里的行为进行积分评价，一定会遇到各种问题。"果然，这个老师就遇到了问题：学生对积分不高的行为不感兴趣。这个老师又尝试改变方法和路径，这就是解决问题的过程。

这样的故事才是真实的、具有价值的。

要想成为讲故事的高手，这个故事一定要让人有所启发。 故事是否让人有所启发，是讲故事的高手与一般演讲者最大的区别。有时候，很多老师听故事，会发现这样的故事也在自己的班级里发生过。但是，我们仔细倾听就会发现别人的故事是有道理的，而自己的故事，就只是一个故事。很多时候，我们只是知道做，但是很少问自己为什么这么做。所以，很多老师只是执行了学校布置的任务，一天到晚忙忙碌碌，但是不知道自己为什么这么做，自然就无法讲出精彩的故事。

只有领悟到了自己身上的故事为什么会发生，才能将故事讲得动听，才会让听众有所启发。

最后我想说，其实我不是讲故事的高手，那只是魏老师在鼓励一个做事情的校长。任何一个老师或者校长，只要在做事情，都会有故事。

是的，我们每一个人都应该成为讲故事的高手。

与大家同行　周国平

2021 年 7 月 7 日

像演讲一样说话，像说话一样演讲

——参加"校长有约"后给老师们的一封信

尊敬的各位老师：

大家好！

2020 届马云乡村校长计划"校长有约"环节，与以往有着完全不一样的安排。其中有一个环节，就是入选校长代表做演讲分享。这样的环节设计，我觉得挺好！

至于为什么好，大家可以自己思考，我想说的是演讲的事情。对于这个话题，我写过多篇文章，大概意思是表达每一个人都可以成为演讲高手。今天，我又有感而发。这跟以往的观点有什么不一样呢？

先来看看现场。

第一位演讲者谭自云校长一出来，就给人一种惊喜。简约的演示文稿，自信大方的手势动作，几乎与我们看到的 TED 演讲没有太大差别。第二位校长是一所中心校的校长。他一上台，明显有点紧张，但是他很快就调整了过来。第三位校长是一位来自四川地震灾区的校长，他的讲述、他的步伐都让人感到特别熟悉，像极了中央电视台的某位播音员。

三位校长有故事、有思想的演讲，让全场的观众都为之感动和震撼。主持人张丹丹女士在台上几度失控，热泪盈眶。

看完演讲后，我觉得这三位校长很可能没有想到自己能够做出如此精彩的演讲。从第二位校长的表现来看，其精彩的演讲更像是被临时激发出来的。

后来，我了解到这个环节刚开始一共有六位校长做了准备，经过一次次打磨以及最后与导演的对接和彩排，最终选择其中更具有代表性的这三位校长作演讲。从统一的演讲表达风格、标准的演讲手势，都可以看出他们在探讨和练习的过程中，自身演讲能力得到了很大的提升。

我还想说，每一位校长或者每一位局长，再或者我们每一个人，是否都可以用这样的方式来表达自己的观点呢？但我们平时看到的几乎都是拿着稿子读的画面。

为什么要读稿子呢？我想，可能有以下几种原因：

第一种就是认为自己讲不好。这其实是找借口，只不过是想让自己待在舒适区里罢了。毕竟，做一次演讲，还是需要花点时间准备，还是需要用点心来练习的。

第二种可能是害怕讲错话。因为面对众人，讲错话责任太大。但是，我觉得人本就是会犯错的。如果因为讲话犯错，只要在行为上没有言行一致，那问题都不大。反之，如果行为上经常犯错，在语言上却表达得规规范范，这样言行不一致，那就糟糕了。其实，言为心声，人的语言就是人的思维。就算不讲，周围的人也能感受到我们的为人。

第三种是压根就没想过要像演讲一样讲话，或者说像讲话一样演讲。因为我们看到的、听到的，都是在读稿子。

我确实认为每一个人都应该学会像讲话一样演讲。少年读书时，最恨老师拿着教案一字不落地读；青年工作后，最怕别人拿着稿子读给我听。我总在想，既然稿子都发下来了，为何不让我自己看。我看的速度还会快一些，更加节省时间。

我想每个人都应该有类似的体验。那么，是不是可以从我们自己开始，认真对待每一次讲话？

在与虞大明老师的对话中，得知他们在做思辨课堂。这样的课堂就是要培养学生学会表达，学会有思考的表达。我想，我们每一所学校，都应该重视学生表达能力的训练。我们每一个语文老师，在课堂上都应该多让学生表达。

长此以往，像演讲一样说话，像说话一样演讲，是可以实现的。

与大家同行　周国平

2021 年 7 月 30 日

故事力：教师必备的一种能力

尊敬的各位老师：

大家好！

本周的主题是"故事力"。什么是故事力呢？在我看来，所谓的"故事力"，就是故事的力量，是指能够用故事与别人沟通交流，能够自己创造故事的能力。

近几年，有更多的人意识到了故事力的重要性。我认为作为老师，具备这种能力显得更加重要。过去，我在当大队辅导员时，就发现面对一两千名学生，如何讲话是一件很有挑战性的事情。因为我发现那么多学生在一起，他们的注意力很难专注。站在台上，我们讲得越多，他们就越不耐烦，越不想听。

因此，纪律就变成了一个很要紧的问题。有的老师脾气不好，免不了要训斥一通。但是，很快又会打回原形。

那么，如何讲话孩子们才愿意听呢？

我从《故事知道怎么办》这本书里找到了答案——讲故事。

后来，我就想尽一切办法把要讲的事情，变成一个个故事。这个方法不仅对学生很有效，对老师也非常有效果。

久而久之，我在一次又一次的讲话中，练就了一点讲故事的本领。前年，我参加温州市总工会举办的全市职工讲故事比赛，还荣获了金奖。说实话，对于这次比赛我并没有准备很多时间。因为所讲的故事就是我们同事的故事，就是我们工作中共同创造的故事。所以，这次获奖算是一次额外的奖赏。

那么，老师们该如何习得这种能力呢？

首先，要学会把平时的故事写下来。

当大队辅导员时，我会把要跟学生讲的事情根据故事的几个要素写下来。写了一遍之后，在面对那么多老师和学生时也就不慌张了。刚开始讲，其实并没有那么吸引人，甚至还有一些背诵的嫌疑。因为那些故事还没有成为身体的一部分。

而写故事，会让我们与故事更接近。写着写着，这些故事就会成为自身的一部分。

其次，要经常把写的故事讲出来。

我们还处在背诵状态，是因为我们还没有达到可以自动讲故事的程度。而要达到自动化的状态，需要大量的练习。与学生谈话、与家长沟通，我们都可以把平时写下来的故事拿出来分享。

如果经常这样与别人沟通，我们不仅锻炼了自己讲故事的能力，还能让学生更加喜欢我们。

最后，要学会创造身边的故事。

我们每天和学生在一起，会发生很多愉快或不愉快的事情，能不能把它们写成一个个故事呢？它们可以是我们在家长会上分享的故事，也可以是我们论文中的案例。其实，生活中有很多很多的事情，都可以变成故事。可惜的是，很多人都没有这个意识。

在今天下午的教师会上，金洁副校长给我们讲的故事，就是一个很好的创造故事的例子。每一个班级都有插班生，每一个老师都会遇到，而且每一个插班生都会带来一些不一样的东西。这些不一样的东西，恰恰就是故事的开始。创造好这些故事，将会给我们的工作带来极大的乐趣。

老师们，我们如果从现在开始，就是一个具有故事力的老师，我们将会积累越来越多的故事。不管面对学生还是家长，或者是刚来的新教师，我们都可以泡一壶茶，给他们讲讲我们的教育故事。

写到这儿，还是有老师认为自己不是讲故事的料，而故事力又是教师必备的一种能力，那怎么办呢？

改变一个人的思想往往很难，但是可以从改变一个人的行为开始。当他的行为改变了之后，他的思想也会发生改变。我们是先改变思想，还是先改变行为呢？

今天下午，校委会已经开始轮流讲故事了。其实，讲故事也很简单。无非就是时间、地点、人物和事件的一个组合，再加一点点小技巧就可以了。

讲好故事，每一个人都可以习得。

祝大家工作愉快！

与大家同行　周国平

2021 年 11 月 8 日

把故事写下来吧

尊敬的各位老师：

大家好！

从开学到现在已经是第五周了，时间消逝之快实在令人惶恐。因为这个学期有很多事情需要我们去做，可是很多事情，我们又还没有来得及去做。说实话，当校长这么多年，从来没有像这个学期这般地没有掌控感。

过去，除了一周一封信，我还会写一写其他的文章。但是，这个学期到现在为止，仍然没有一篇让自己较为满意的文章出现在公众号里。我相信许多老师已经感觉到了这种异常。尽管如此，我还是特别希望老师们把自己和学生的故事写下来。

从去年到现在，我经常翻看大家的"简书"，发现陈璋怡和陈婷两位老师更新得比较快。学校的一些措施，学生的一些小故事，都成了她们写作的对象。从她们的文字中，我能够了解她们的想法和做法。一个学校要是每一位老师都可以这样地彼此看见和交流，这将是多么美好的事情。"字如其人"，这种文字的交流真诚而细腻，是了解彼此和互相学习的最佳途径。

另外，老师们在写作过程中，发现自己的写作能力提升了，这不是很好的一种体验吗？

"每周一篇"对于没有养成习惯的老师来说，的确会有一些痛苦。因为老师们总觉得自己不会写，也没有什么东西可以写。这个情况是不是很熟悉呢？语文老师让学生写作文时，就经常碰到类似问题——没有东西写，没有能力写。

那怎么办呢？

如果因此而抱怨，那就像班级里的后进生一样，啃着铅笔头而无从下手，越抱怨越焦虑，甚至放弃写作。如果主动接受任务，哪怕就从流水账开始，也会像班级里的优秀学生一样，刚开始不怎么样，但是会越写越顺畅。

这是态度的问题，有什么样的态度就有什么样的行为模式，也就会有什么样的结果。那么，从写作内容来讲，我们可以从哪些方面入手呢？

一、写师生最开心（最激动）的事情

老师们都知道平时我们上的每一节课大都是平平淡淡的，但是总有那么一两节课自己是特别有成就感的。这节课一定会有许多让自己满意的细节。这些细节完全可以成为我们写作的素材，写出来的成品可以当作我们的"教学一得"。

同样，如果学生有这样的时刻，也可以作为我们写作的对象。学生为什么开心、为什么激动？开心、激动的样子是什么样的？

写下来就是一个很好的教育故事。

二、写师生、生生之间矛盾的事情

如果每天的生活总是平平常常，那生活就没有意思了。所以，我们会发现生活中总是有一些矛盾发生。老师与学生之间的矛盾、学生与学生之间的矛盾在所难免，但这些矛盾总是会化解的。如何化解这些矛盾的方法，就可以成为我们写作的素材。比如，老师被学生气哭了，某某同学与某某同学打架了……这些都将是一个个生动的故事。

三、写学生给你带来的乐趣

学生的天真和幼稚，经常可以治愈我们的内伤。比如我就曾经写过一篇《老师，你终于笑了》。每天板着脸的我，因为班级在运动会中得了全校第一的好成绩，终于露出了笑脸。学生的一句"老师，你终于笑了！"让我感动，也让我警醒。

再如陈婷老师写的学生早恋问题。学生懵懵懂懂，老师如何与学生沟通，写下来就是一个很好的故事。

四、写给校长的一封回信

当然，你也可以每周给我回信。你不必当作任务，只是借着我的信，作为一个思考和写作的入口，尝试去分析和思考。就像璋怡老师一样，她会在读完我的信后写下自己的思考。这是非常好的一个写作方式。如果我们的孩子不会写作，建议老师推荐孩子去读《亲爱的汉修先生》，模仿着去写。

这就让自己的写作有了对象感。正如，我给大家写信一样。

其实就是我在跟你们说话。

像这样可以写的东西还有很多。看电影、读书、运动等都可以是写作对象。

老师们，把故事写下来吧。这就是你们作为老师一生的财富。

祝大家心情如今日阳光一样灿烂！

与大家同行　周国平

2022 年 3 月 14 日

怎样才能与高水平的人对话

尊敬的各位老师：

大家好！

国庆七天假是不是太短了？好多人都在想这七天是否可以重新来过。时间流逝之快真是令人感叹。一个学期也将近过半，且行且珍惜吧。

假期里，与朋友有一次对话。他说他非常佩服我能够跟那些名师大咖进行对话。其实，这没有什么好佩服的。不过，我倒是想和大家聊聊这个话题——如何与高水平的人对话。

先来说我自己的学习经历吧。我曾经跟大家说过，过去的十多年，我不是去听讲座就是在去听讲座的路上。我去听讲座时，经常会举手向台上的大咖提问。面对这种场合，很多人会感到害怕，害怕自己的提问或者回答太幼稚，哪怕高手坐在你旁边，你也不敢与人对话。

这样的想法，其实我也是有的。只不过，后来我又多了一种想法，那就是我相信自己再过十年一定比现在的水平高。而现在与他们对话，正是提升水平的好机会。

有了这样的想法，我的心理状态就从害羞、胆怯变成了勇敢、积极。后来，我又发现了一个现象，其实大部分人提问或者发言水平都是相当的，没有特别好，也没有特别差。

另外，我还发现台上不管是主持人还是大咖，他们都特别希望有人站起来和他们对话，否则场面会很尴尬。这样的发现，让我更加有勇气主动与他们对话。

十几年过去了，我觉得自己的水平真的比原来高出了很多。而这一切的变化，就是因为这十几年的不断学习，或者说是经常与高水平的人对话，当然也包括与书本中的高手对话。

这十多年，不论是讲座论坛的现场，还是私下面对面地聊天，我都会主动找机会与高手们对话。我越来越觉得这就像打乒乓球一样，只有找到高手来对打，才能提升自己的水平。

说了这么多，那么如何才能与他们搭上话呢？

首先，要克服恐惧羞涩的心理。

就像我当年听讲座时的想法一样，我们要接纳自己的当下，相信未来的自己一定会比现在好。要知道，大家的心理都是差不多的。谁先跨出去，谁就是胜利者。高手并不可怕，并不是高不可攀的人，因为他们就是一步一步成长起来的。我们甚至还要主动地走近高手，与高手交往。

其次，抱着学习的态度与人对话。

多向人请教，总是没有错的。我在提问前，会在笔记本上写好问题的详细文稿，有时候甚至会多写几个问题。当然，有时候写了问题，也不一定会举手提问，但是，这个准备过程很有必要。

再次，要主动了解高手的信息。

了解高手的信息，能够拉近问答双方的距离。昨天，我们去塘下实验小学参观学习。结束后，我与对方学校的每一个领导握手告别，而且叫出每一个人的名字。他们校办的林老师说我记性真好，能够记得住大家的名字。其实，哪是什么我的记性好，而是我有意识地去记住每一个人。他们校长在介绍时，我依次写下了他们的名字。这个写的过程，加深了我对他们的印象。而当我与他们交流时，能够报出对方的姓名，给对方一种被尊重的感觉。所以，我们在与高手对话前，可以提早了解一些高手的信息。

最后，自己日常的学习与积累。

能够与高手对话，最为关键的是平时的学习和积累。我们要让自己越来越胜任这个职业，就得要不断地学习。想要让自己与高手对上话，那就得让自己越来越接近高手。高手的学习方式、思维模式，甚至是读的书，我们都可以模仿和参照。如此长期积累，我们与高手的对话就变得很自然了。因为我们已经在一个频道上了。

每一个行业，每一个圈子，都会有一些高手。我们多与高手对话，就是在为自己积攒成长积分，最终也会成为某一个圈子的高手。让我们尽量少一些没有质量的对话，多一些高水平的对话，这其实就是一种高品质的生活。

祝工作顺利！

与大家同行　周国平

2022 年 10 月 10 日

最怕的是老师拼命讲

尊敬的各位老师：

大家好！

大家有没有发现，一般而言新教师比起老教师更能讲，而且语速更快，他甚至可以一个人讲一整堂课。

根据学生的注意力保持时长来看，虽然老师可以讲到底，可是学生是很难听到底的。于是，当你讲到底的时候，班级里就很容易产生纪律问题，学生们开小差、和同桌讲话、在抽屉里玩各种小东西的情况时有发生。通常情况下，老师们会感觉这个班级纪律差，但却没有意识到可能是自己太能讲了。

一些经验丰富的老师在课堂上很少讲，讲起来的语速也很慢，甚至会有很多安静的时间。但你却能发现这些老师所教的班级纪律很好，学生不会吵吵闹闹。

那么，一个老师如何能做到少讲呢？

首先，老师们一定要认识到，不是我们讲得多，学生就理解得到位。大家最熟悉的学习金字塔理论已经告诉我们，学生通过听获得的学习效果是最差的。从我们自身的经验来看，平时在听别人讲课时，有多少人能听得进去呢？不是玩手机就是聊天，这几乎成为一种常态。

当然也有例外。在授课老师水平高、而且富有幽默感时，听不进去课的情况要少得多。因此，当你在讲台上滔滔不绝时，请反思，自己是否属于水平高而且富有幽默感的老师呢？

其次，课堂上要有一定的技巧。思想上如果还认为讲是最重要的，那么这点就不用讨论了。因为技巧是需要学习才能获得的。

都有哪些技巧呢？从教师的语音语调来看，可以训练自己的声音有轻有重，尽量学会抑扬顿挫。这是一个没有止境的能力，你学得越用心，习得的能力就越强。从肢体语言来看，可以"手舞足蹈"，可以四处走动。有的老师上课，只站在教室前面，始终不到下面来，让后排的学生"有机可乘"。我上课时经常会走到控制不住自己的学生旁边，这时不用说话，他们自己就安静下来了。

从教学手段来看，老师们一定要让学生多想、多讲、多练。这是符合金字塔学习原理的高效学习法，也是我们为什么推动共同体课堂模式的原因。很多老师在校对习题时，喜欢一个人在台上喊。我们不妨试一下，让学生上讲台来校对讲解会产生怎样的效果？

我尝试后发现让学生来当小老师讲解校对练习，同学们听得更加认真。而且当学生发言的时候，我们除了倾听学生发言，还可以观察其他学生的学习状态，及时进行必要的调整和提醒。

　　除此之外，老师还可以设计一些活动，如同桌、小组间的各种互动交流。只要事先与孩子们讲清楚学习交流规则，他们就可以自己搞定。这样一来，学生参与度高，老师又轻松，课堂纪律也就不会成为问题。

　　教学最怕的是老师拼命讲，就跟我们老师开会一样，最怕的是校长拼命讲。所以，学校会议最好的方式是让老师来讲。同理，在课堂上，哪怕你讲得再好，也要多让学生来讲。

　　祝各位日有所进！

　　　　　　　　　　　　　　　　　与大家同行　周国平

　　　　　　　　　　　　　　　　　2023 年 2 月 26 日

第三章

教育理念是教师的专业内核

JIAOYU LINIAN

SHI JIAOSHI DE

ZHUANYE NEIHE

同样一件事，在不同的教育理念下，它所发挥的价值是不一样的。

有什么样的价值观，就会有什么样的教育行为。但是，很多一线老师，并不认可价值观的重要性，只知道埋头苦干。正如吴非老师所讲的，最害怕的是一群愚蠢的老师兢兢业业地工作着。

因此，老师们要想清楚自己的教育价值观是什么，是否和教育的本质一致。多一份这样的思考，我们的行为可能就不会那么鲁莽。

除了思考之外，老师们还要积极学习新的、有价值的教育理念。只有武装好自己的大脑，才能走得更远。

本章将与大家分享一些关于理念的话题。

我来解读作业管理的十条要求（上）

尊敬的各位老师：

大家好！

这个"五一"小长假，应该让很多老师都好好地放松了一番。有很多人或许早就开始计划着自己的"五一"假期。

学生其实和大家一样，也存在这种心理。学生上课久了就想放假，读书、写作业久了就想跑出去散散心。所以，邓小平同志在《关于科学和教育工作的几点意见》中提出"要搞好劳逸结合的原则，不仅不会降低而且有助于提高教学质量"的观点。

看来，我们不管是对待自己的工作，还是对待学生的学习状态，都应该好好把握劳逸结合的原则。我们在布置作业时，要有整体意识，不能只管自己科目作业的布置而不管其他科目。近期，教育部印发的《关于加强义务教育学校作业管理的通知》（后简称《通知》）中第二条规定：小学一、二年级不布置书面家庭作业，小学其他年级每天书面作业完成时间平均不超过 60 分钟。

现在，很多老师都喜欢布置作业，而且作业多得不得了，孩子们经常要写到很晚才能完成。老师们想以此来提高教学成绩，的确也有一些效果，但是孩子们却失去了更为宝贵的东西。

前段时间听陈钱林校长的讲座，他提出一个观点："孩子的成绩是不需要满分的，因为为了满分会让孩子失去很多。"当然，这是针对优质生源来讲。那么生源一般的学校要不要为了好成绩而不断地给学生加作业呢？当然不行，不管怎么样都要注意劳逸结合。

《通知》中第一条要求，作业应该具有育人功能。作业不是简单的抄抄写写，我们应该追求更高质量的作业。比如低学段孩子，应更加注重每一篇课文的朗读，养成朗读的习惯；注重书包的整理，养成每日整理的习惯；注重口算的过关，养成每日口算练习的习惯；等等。

《通知》中第三条要求创新作业类型方式。老师应多布置分层作业、个性化作业、弹性作业以及具有探究性的作业。有的学生对某些作业是没有办法完成的，那就不应该让他们去做，除非我们有跟进和指导。另外，具有探究性的作业，是学生非常喜欢的。就如这次的阅读成果展一样，学生对表演和制作类的作业特别喜欢，据说演老妖婆的六年级（2）班学生戈辛伯为了演好这个角色，在家进行了多次练习，最终让大家认同了其演技。

陈钱林校长非常推崇自主作业，即要让学生有对作业自己说了算的机会。这种创新作业特别好，它能够培养学生的独立性和自主性。我们也应创造一些机会，让学生体会到自己做主的感觉。

我想，正是因为有这样的作业，才会让学生如此用心。

《通知》第四条要求是提高作业设计质量。我们经常讲不能让学生拼命地刷题，但是有些题目仍需要大量练习。这两者并不矛盾。我原来讲学生不可以有规定之外的其他教辅资料，但是老师可以有。学生不需要重复地去刷题，而是要刷经过老师筛选过的针对性题目。教辅材料是给老师做参考的，而不是给学生重复做的。

这几天，我在听魏智渊老师的课，他也谈到了这方面的内容。他认为语文和英语两门学科是不能用刷题来提高质量的，仅靠刷题是不能提高学业质量的。数学教师应该帮助学生找出问题，通过有针对性的练习来查漏补缺，而不是不管三七二十一地刷卷子。

由此看来，我们的作业必须要讲究设计质量。我们设计得好，学生才能够在作业中得到锻炼和提升，才能够取得更好的学业成绩。

老师们，教育部提出的十条作业管理要求，我们真的要好好学一学，要把这种理念落实到我们的日常教学中去。

祝大家工作愉快！

与大家同行　周国平

2021 年 5 月 6 日

我来解读作业管理的十条要求（下）

尊敬的老师们：

大家好！

这周我们继续围绕"作业"这个话题来谈谈我对《关于加强义务教育学校作业管理的通知》（后简称《通知》）中十条作业管理要求的认识和感想。

《通知》中第五条要求加强作业完成指导。这一条要求我们要利用课间和课后托管时间对学生进行作业辅导，尽量确保学生的书面作业在校内完成。许多老师会让学生在校内完成难度值较高的作业，而把一些读读背背和抄抄写写的作业带回家完成。这是非常明智的安排，也符合教育部的要求。

我发现一些学生没有按时完成作业的原因是不会做而家里又没有人指导他。像我们这样的乡村学校，家长们把孩子送到学校就会全部依靠学校。因此，我们要引导学生在学校里挑战难的题目，回到家再做简单的题目。也可以把学生组织成一个个小组，让他们在家里也可以互相讨论和帮忙。

《通知》中第六条要求认真批改反馈作业。这一点是老师的底线。一个连作业都不批改的老师，根本就谈不上师德。去年，我看了徐燕老师批改的作文，觉得值得大家学习。于是让语文教研组内互看他人的作业批改情况。有一个认真对待作业的老师，学生也会认真对待作业的。

我发现之前口算作业不纳入检查范围，有的老师就疏忽了这项作业，导致学生写起来一塌糊涂。后来，我们不仅增加了口算本，还增加了学生抄写本和听写本。目的就是希望老师们能认真对待作业。我们认真批改了，学生就会觉得这个事情很重要。

过去，我曾经提过要对学生的写字要求高一点。这其实很好操作，只需要在批改作业时，看到哪个学生的字迹潦草，就要求他重新写。重写多了，要求多了，学生自然就会端正起来。

《通知》中第七条要求是不给家长布置作业。这一点，对于我们学校而言，应该不是问题。但是对一些学校来说，问题挺严重的。他们的老师会布置学生家长批改口算作业，批改课堂作业本外的其他作业。这样的做法是教育部明令禁止的。

其实，作业本就应该是学生自己的事情，而不应该把家长拉进来。不少老师都有双重身份，既是老师，也是家长。当自己孩子的老师给家长布置这样的任务时，我们也会有一种疑问：如果作业都是我们家长批改，那老师干什么？

我希望我们的老师不会出现这种情况，更希望我们的老师在布置作业时要考虑到自己布置这个作业到底是家长做的，还是真正让学生做的？因为很多作业名义上是亲子作业，其实就是家长作业。如果是这样，就失去作业对孩子的育人功能了。

后面还有三条要求，分别是严禁校外培训作业、健全作业管理机制和纳入督导考核评价。这三条和一线教师关系不大，主要是针对管理层而言的，在此不展开细说。

为什么教育部会对作业作出这么细致的要求？一定是我们的作业存在诸多问题。问题就是机遇，每一个老师都可以在这几条要求中，找到自己的不足，或者找到自己努力想要去改变和实践的点，去研究和解决一些问题。如果有自己的经验，也请大家记录下来，这非常有价值。

祝大家工作愉快！

与大家同行　周国平

2021 年 5 月 9 日

为什么要登高

尊敬的各位老师：

大家好！

上周五，我们组织全校师生举行了一年一度的登高节。和往年一样，孩子们兴高采烈，老师们双脚却不听使唤了。

山与我一样，都属于比较矮的那种，也可以理解为比较"善解人意"。太高恐怕要有人吃不消了。因此，大家只花了不到半天的时间，就登了个来回。因为每年登高活动，我们都要安排各个班级展示自己的晨诵作品，所以在登高前的一周，大家便开始排练。

这座山虽然是第二次来了，但我们还是提前来踩点，确定一处山坡作为天然的舞台。到了山顶，我们首先进行的就是学生的诗歌诵读展示。那天，孩子们站在舞台上，蓝天、白云成了他们的背景。巧的是一年级的孩子头戴小黄帽，发出银铃般的声音，吟诵着"蓝蓝的天，白白的云……"

到了五六年级，就有了《二十四节气歌》，就有了苏东坡的

《水调歌头》。只可惜，天稍微热了一些。不管是孩子还是老师，都有一些焦躁不安。尽管大体上是安静的，但总有一少部分人不能进入享受的状态。

这之后，我们又开展了制作灯笼和写心愿卡的活动。孩子们把自己的心愿写下来，放进自己制作的灯笼里。这是一盏心愿灯，可以照亮自己前行的路。

之后便进入孩子们最喜欢的"大吃特吃"环节。其他环节都可以省去，唯独这个不能省，否则孩子们下次都不跟我们出来登山了。这也是天性。此刻，我突然想起自己儿时春游的情形。那时条件不好，大家能带的食物种类不多，我还记得带过窝窝头，家里做的。

对于吃，每一个人都是向往的。看着眼前孩子们如此恣意地吃起来，心里也乐了。这就是童年！

一个下午的时光，就这样在路上飘扬，在山顶上飞翔，在孩子们的嘴巴里被嚼烂。我们希望孩子们有这样的时间去放飞自我。这就是童年！

刚开始，可能有的老师会觉得就这样一个小土坡，怎么能作为舞台呢？其实，我们想要为孩子们寻找的就是这样的记忆。这是第七年，第七次登高了。我们一开始就想着让孩子们每年登一个家乡的山头，六年下来就有了六座山头。那么，我们就和这六座山头有了故事。或许，我们与家乡就不会那么陌生。

做一件事情，总要有它的理由。借此机会，继续和大家聊聊这个话题。

为什么要登高呢？

因为在我们的传统文化中，重阳登高是一个传统，是一个可以放飞心情的活动。不管是开心还是不开心，我们都可以选择登高来表达和释放。杜甫登上泰山之巅，自然涌起一种"会当凌绝顶，一览众山小"的豪情；李商隐傍晚登上乐游原，发出了"夕阳无限好，只是近黄昏"的人生感慨；当然，学生最熟悉的还是王维的"遥知兄弟登高处，遍插茱萸少一人"。

那天，我本想和孩子们讲这些诗人与登高的故事。没能讲成，略有遗憾，留着下次再讲。

然而那样的天，那样的云，那样的风，我们不走在乡间田野，是不会有那样美好的感受的。只是这点，就已经不虚此行了。

为什么要展示晨诵作品呢？

为什么要展示晨诵作品，归纳起来就四个字——学以致用。我们每天都在读《晨诵课》，如果没有机会去展示一下，这就变成了死东西。试想一下，我们每天读的内容，现在又可以作为节目呈现，那不是很有趣的事情吗？

当然，我们也惊喜地发现，老师们自然而然地会选择适合这个季节的作品来朗诵。这是多么应景啊！

为什么要制作灯笼呢？

手工户外课，是培养学生动手能力的机会。学生原来折过纸飞机、做过航模，我们都希望这些活动不仅仅是手工，更可以成为学生们表达的一种工具。所以，我们增加了一个写心愿、写理想等的环节。

  "双减"已经实施，我们应该清醒地认识到孩子们现在缺的不是校园学习，而是缺了走进大自然学习的机会。

  祝大家工作愉快！

与大家同行 周国平

2021 年 10 月 18 日

因我的存在而感到幸福

尊敬的各位老师：

大家好！

"因我的存在而感到幸福"这句话是李镇西老师任教每一届学生时都要说的话。

我们瑞安市第五中学的孙有新老师也把这句话当成了他的带班目标，当成了他的教育理念。他的学生受到孙老师的影响，当了老师之后，也以此作为自己当班主任的一条信念。

一句话，竟然有这样的魅力，吸引很多人去追随。我相信这句话一定给当事人带来了幸福感，不管是学生还是老师。

一个人如果能够践行这样一句话，他的内心一定是充实、丰厚且温暖的。相信自己的存在能让别人感到幸福，且自己有让别人幸福的能力。

李镇西老师的许多教育故事，不仅温暖了师生彼此，也温暖了全国各地的诸多老师。在我们身边，也有孙有新老师的故事，在温暖着很多人。

从他们的故事中，我们看到了作为老师的美好和幸福。

我有一段时间没有去沙岙校区了。上周我去上课，一上楼梯就发现了不一样：楼道里的艺术气息扑面而来，而且带着专业的气味。走进美术教室，许多学生的作品一下子就让我有一种感动，这群乡村孩子真幸福。

昨天，丰洁老师转发了我视频号的内容。我相信她一定是被感动到了，因为这群孩子遇到了非洲鼓。乡村家庭不重视艺术教育，学校如果再不安排艺术教育课程，那么，这些孩子的童年很可能会错过美好的艺术教育。

说实话，这些学生看见自己的艺术课从无到有，眼睛里都是会发光的。其实，任何人对美都没有抵抗力。从小对他们进行艺术的启迪，孩子们的精神底色就会不一样。因为艺术老师的存在，这些孩子是幸福的。

大家都知道全校来得最早的是陈钦管老师，走得最晚的差不多也是他。每天早上，我都会到各个班级去巡视。他总是坐在作业批改区对个别学生进行辅导，其他学生则是安安静静地坐在座位上看书。

这样的画面每天都会重复，虽然陈老师没有做什么惊天动地的大事，但是陈老师每天一大早就来教室陪孩子们读书的画面一定会定格在这些孩子们的脑海里。

这样的陪伴，为孩子们扫去了许多浮躁，让这个班级更加安静。对于家长来说，这是一种放心。对于学生而言，这又是一种幸福。这就是"因为我的存在而让别人感到幸福"。

许多老师意识不到自己的力量，看不见自己的价值。其实，我们每一个行为的背后，都会产生一种力量。

前段时间，徐祥平老师的学生来学校看他。这是一位就读于职业中专的体育生，贵州女孩，她的目标是浙江体校。

我顺便与她聊了几句，她说徐老师当初给他们班带来了很多温暖，所以她现在特别阳光。她说他们这个班级好几个同学都走上了体育的道路，另一个同学现在就读于温州体校，专业成绩很好。真心祝福这些孩子们！

当时这个班级的学生成绩是令人担忧的，但是体育改变了他们求学的方向。当年何小泉老师一直比较看好他们，还把他们带到了自己所在的湖岭镇中学读书。对于这些孩子来说，是多么幸福的一件事情。

看吧，我们每一个人都可以让别人因为我们的存在而感到幸福！

很多时候，体艺学科的老师觉得自己的学科没有语文等其他学科重要，因而忽视了自己的价值。

其实，不管什么学科，不管什么学科的老师，都很重要，都会影响他人。

作为班主任，我们要找到一个管理班级的有效方法；作为语文老师，我们除了教教材，也可以多花点时间做课外阅读；作为数学老师，我们可以经常想一些数学游戏和挑战题；作为体育老师，我们要让全校同学都会一两种体育技能……

只要我们多走出一步，学生就会因此而幸福。学生幸福，最后我们也会幸福。

祝一周工作愉快！

与大家同行　周国平

2021 年 12 月 21 日

为什么要绘本剧？

尊敬的各位老师：

大家好！

原本的元旦演出延迟到了上周五举行，导致三个校区不能同台演出，的确是有一点小遗憾。

那天我一边看，一边观察每个学生的表现。我发现有个别学生上台时会很胆怯，尽管我们每一次都是全班上台。这部分胆怯的学生，上台的机会还是太少了。正因为锻炼得少，所以才会"晕台"。

我也发现有一部分学生特别享受这个过程。他们喜欢舞台，喜欢展示。我相信这些孩子，随着我们每一个学期的展示，他们会变得越来越自信。

以往我特别期待独轮车的节目，因为它每一次都能带给我惊喜。这一次，独轮车表演仍然让我眼前一亮：孩子们可以骑着独轮车上台阶，然后在台阶的最高处跳绳，最后从台阶上骑下来。叶老师不管是从道具的制作，还是节目的编排，都给我带来了惊喜。但是，我越来越发现独轮车表演似乎已经不能满足我的审美。

尤其是当我看完了二年级的童话剧，我更加体会到了绘本剧的重要性。为什么要绘本剧或者说是童话剧？我们看完二年级的童话剧，就有了答案：一场剧，需要朗读、音乐、舞蹈等各种艺术技巧，这是一个综合性的艺术表演。

在编排的过程中，老师带着孩子们经历了阅读剧本、熟练台词、角色表演等一系列的过程。这里有孩子们之间的沟通与合作，也促进了老师和学生之间的关系。最为重要的是，在整个活动过程中，孩子们通过角色表演，达到了"自我镜像"的效果。

当久久森林王国里来了一个多多老板，为了赚钱不惜砍伐大量的树木，从而达到了短时间内的暴富。森林里的居民们跟随着多多老板，突然间也变得有钱了。多多老板那种阔绰的形象，被学生演绎得颇有几分入味。但是很快，森林王国就遭遇了洪水灾害。居民们真正领悟到了不能破坏森林的道理。

这一场戏下来，孩子们体验了各种角色的不断转换，感受到了角色的形象定义。孩子们会自然而然地选择正向和积极的角色，进行自我定位，在小小年纪，就有了"长大后，我就成了你"的自我镜像。

如果我们每年都选择一本绘本或者一个童话剧，带着孩子们进行演绎，孩子们就会经历一次次的自我镜像。这众多剧本中的主要角色，就会像一颗颗种子种入孩子们的心中。最后，这些种子都会成为一种生命力量。

这比一般的表演要好很多，它不仅让学生们在形式上得到了锻炼，更是在内容上得到了浸润。

看完这场表演之后，我再一次被这样的艺术形式征服了。

从去年开始，我们每年的读书节，都要进行一次绘本剧的演出。还记得那一个星期的排练成果，着实让老师们感受到了它的魅力。我们的学生是幸福的，因为他们在最美好的年纪里，遇见了绘本剧（童话剧）。

为什么要绘本剧？答案就是，它是有力量的。

让我们一起遇见它，热爱它吧。

与大家同行 周国平

2022 年 1 月 10 日

我好像也在做，怎么就没有成果呢？

尊敬的各位老师：

大家好！

上周正式开学了，大家马上进入到了正式上班的模式，相比往年，老师们从假期状态转变为工作状态更加迅速了。开学第一天，值日工作、食堂就餐、托管和教研等各方面工作都已经正常运转。其实，这也没什么好说的，这本来就是我们应该做到的。但是想要做到这样有序，也并不容易，这需要大家齐心协力才能达成。否则，开学第一周就会成为预备周。

很多事情，大家都知道本应该是怎么样的。但是不同的人做出来的样子就是不一样。

开学前，我们参加了网络教研，聆听了许多老师分享的成功案例。很多老师都觉得似曾相识：这些事情好像我也在做，怎么就做不成他们那个样子呢？这个疑问，可能有的老师还会这样理解：做得好不如写得好，写得好不如说得好。这么想的人，往往都是自己没有经历过从做到写、再从写到讲的过程，所以，难免会产生不理解。

于是我就想，为什么听起来我们好像也在做，可是就做不出成果呢？

在第一天的中心校区语文教研组会议上，老师们提出了这个疑问。我当时的回答是：看起来我们都在做，可是我们只做了一点，没有持续地去做。老师们不缺学习机会，教书多年，听到、看到的东西很多，自己的教学行为受到的影响也很大。一听说错题集好，立马就启动了错题集；当听说看图写话好，又在班里开展看图写话。能够做到这样学以致用的，已经算是优秀老师了。

但问题是，我们这样的优秀老师并没有在实践过程中感受到高成就感和获得感，也就没有了持续做下去的热情。久而久之，当我们再听到类似的分享，就会产生"我也在做呀，怎么就没有那样的成果呢"的疑惑。

没有持续做是没有成就感的最大原因。可是为什么没有持续做却很少有人去分析。多数时候，我们学习到一个方法，其实只是看到了表面。我们想当然地以为按照这样的方法去做，就会有成果。可是，大家应该明白一个规律，不动脑、不花心思、不需要意志力的事情，都不是让人成长的事情，当然也就不会有成果。当我们在做一件事时，要经常问问自己有没有花心思，有没有遇到困难并且克服困难的经历。如果没有，那就是"你只是看起来也在做而已"。

正如《论语》所说："学而不思则罔，思而不学则殆。"

如果我们没有经历遇到困难、解决困难的过程，也就没有经历深度学习的过程。如此，我们的学习就只是浅学习，并没有得到能力上的提升，我们就无法体会到成长带来的高成就感和获得感。

祝大家工作愉快！

与大家同行　周国平

2022 年 2 月 19 日

请关注一些小事情

尊敬的各位老师：

大家好！

上周，四（1）班两个孩子在一起玩，玩着玩着就发生矛盾了。之后两个人扭打起来，劝也劝不停。这种情况对于孩子来说，实在是很正常的。我把两个孩子找来谈话，发现两个孩子平时关系还挺好，总在一起玩。他们也表示这次只是不小心"走火"了，今后还要一起玩。我想如果没有什么大碍，对于男孩子来说，打一架也是一次成长的过程。

但是，我看到其中一个孩子从脸到脖子都被抓出了许多条抓痕，看起来很让人心疼。我发现另一个孩子双手的指甲没有修剪平，而且指甲缝里都是黑黑的污渍。我想如果指甲不那么长，就不会有这样的抓伤了。

无独有偶，四（2）班也发生了学生被抓挠的事件。而且，双方家长还闹到了派出所。说实话，看着孩子身上的抓痕，哪个家长不心疼？这种心情我能理解。因此，勤剪指甲不仅仅是习惯问题，也是安全问题。虽然四年级了，但是学生的行为习惯，还是需要老师们不断地强调。也可以像低年级一样，每周一有一个同学负责检查剪指甲。

这个岗位很重要，因为老师难免会忽视这些小事。就像我自己，只要一疏忽，儿子的指甲就长了。设置一个岗位，督促全班孩子养成习惯，这是值得去做的事情。

其实，还有很多小事情都值得我们去关注。

最近一段时间，总是阴雨绵绵的天气，我们成人都很难受，但孩子们却不这样认为。课间或者体育课时，他们就会跑出去玩风玩雨。当他们再进教室时，已经是"满身皆湿"，甚至鞋子里都是水了。孩子是要在学校里待一整天的，这一天他都得这样湿漉漉了。

更糟糕的是，越是这样的孩子，他身上的热气越多。进教室的第一件事情，就是把电风扇开到最大。我就怕这些孩子被电风扇一吹吹出毛病来。因此，每一次走过教室窗前时，我都会特别关注教室里的电风扇，一定会让学生去关掉它。

每一间教室，每一节课，学生都有可能在不该开电风扇时打开电风扇；每一间教室，也都有可能在应该打开窗户时却紧闭窗户导致空气污浊。这一切都是细小的事情，虽然看起来与教育没有多大关系，但是它们却是学校教育过程中应该要关注的事情。

读了苏霍姆林斯基的书，我们就知道他在办学过程中，是全方位地关心孩子们健康成长的。包括洗澡、饮食，他都有专门的研究，他还对家长进行专业的培训。

所以，我们经常说教育无小事，处处皆教育。对于老师而言，我们真的需要懂得更多。我们不仅要教好书，还要关注学生成长过程中的种种细节。也正是因为这样，才让这个职业显得更加不一样。

我还记得自己教一年级时，有两个孩子经常口误叫我"爸爸"。一眨眼工夫，两个孩子都已经读大学了。与她们说起这件事情时，她们都还记得呢。上周篮球赛时，一个年轻人上前来叫我一声"老师"，我转头才发现是我教过的学生。我还记得当时，我特别不想教这个班，以至于我现在见到他，想不起当年彼此间的共同语言，总觉得有点愧疚。我不知道我这个当老师的，能够给他留下什么样的印象。我想，当时如果没有这样的心理，我将会做得好一些。也许，也会有一些小事情、小故事让我们彼此连接起来。

老师们，多关注一些小事情吧！因为小事情不仅能让我们的学生感受到教育的温度，还可以让我们与学生之间有了彼此连接的故事。

祝各位工作愉快！

与大家同行　周国平

2022 年 6 月 13 日

为什么"朋友圈"里发的开学仪式都一样？

尊敬的各位老师：

大家好！

每年的 9 月 1 日，是全国各地开学的第一天。

这个开学的第一天与春季的开学第一天，有很大不同。这与入学、升学有很大的关系，每一个家长都很期待这一天，每一个老师也都很重视这一天的仪式设计。

开学前的第一个会议，我就跟老师们说，一个年级最好定一个统一的仪式，大家商量着来，不一定完全一样，但是一定要差不多。总之，一所学校里不要让人感觉到哪一个班特别好，哪一个班特别差。我希望通过商量的形式，让老师与老师之间多一些沟通，多一些智慧的共享，从而促进教师的互相学习和成长。

但是，相互学习时也会存在一个问题：老师们彼此间的互相学习，往往只停留在形式上，表面上看搞得非常热闹，但对于学生而言，他们更在乎开学仪式内在的东西。这种内在的东西，是老师们彼此间最难学习的。比如，新生第一天来到你的班级，你给的是怎样的笑容，这可能比气球和棒棒糖对学校的印象更有决定性的意义。

因此，我觉得我们老师更应该在内在的东西上多下功夫。因为越是看不见的东西，越是值得我们去拥有。我们到底可以给学生什么样的东西，取决于我们身上有什么样的东西。而且这东西应该是内化于心的东西。

这就像两个人谈恋爱，一个没有什么文学水平的人，却想装出有水平的样子，到网上摘抄好词好句来向恋人表白，是很容易被对方看穿的。因此，每一个老师都应该向着真正有内核的方向去追求、去实践。

开学仪式上，读一个符合班级实际情况的绘本故事，是非常不错的选择。如一年级读《大卫，不可以》这本书，就可以很好地缓解新生入学的紧张情绪；到了高年级读《花婆婆》，可以让孩子们在阅读中享受美好的事情，并在自己心里种下让世界变得更美好的梦想。

或者，开学第一天可以带着孩子们讨论暑假的新鲜事，这得在暑假前就布置相应的作业。开学第一天，大家围聚在一起，聊聊彼此的见闻，这样既锻炼了学生的口才，又提高了班级的凝聚力。

当然，这样的内容还可以有很多种选择。老师可以根据自己的气质、性格特点、个人爱好，选择自己最擅长的领域为学生展开一片新的天地。

说了这么多，并不是说形式不重要，而是说两相比较，内容更应该为"王"。最好是将两者相结合，既在形式上活泼有趣，也在内容上丰富有料。

最后，我还想说，唯有热爱才能引发热爱，唯有生命才能感动生命。不管是一个绘本故事，还是一次暑期趣事聊天，都要追求生命在场，而不是完成任务。也就是说，读绘本故事首先自己要读出感觉，聊暑期趣事首先要自己有故事。

最后，我希望老师们也能经常保持思考习惯，做一个爱思考的老师。

祝大家新学期新气象！

与大家同行　周国平

2022 年 9 月 3 日

有所要求：职业场上的一种好习惯

尊敬的各位老师：

大家好！

上周，我们学校承办了一场温州市的活动，在解决就餐问题中陆壹老师对餐盒有了一个想法——希望在餐盒中融入学生的作品。于是，与厉纪成老师商量后，每一个就餐盒上都有了我们学生的"光盘行动"的美术作品。这一个小小的创意，给前来参会的老师留下了深刻的印象。

这么一个小小的创意，让我们的学生有了展示自己美术作品的地方。因此，我想到一句话：一个有要求的人，才会有所创新。同样，在我们其他教育教学工作中，也是这个道理。如果只是一味地接受任务、完成任务，就不会有什么要求，更不会有什么新举措。

因此，有所要求对于我们老师的成长来说，是一个非常重要的做事习惯。

有所要求就是不满足于当下。 厉纪成老师来到学校之后，对学校楼梯的展示台提出了自己的建议，于是就把方形底板改成圆形底板，解决了作品展示角度不正的问题；把转角的展示桌撤掉，变成了树枝和管道，改变了传统的展示风格，让人耳目一新。

一个优秀的语文老师，不会满足于天天抄写词语的作业，于是他就有了自己作业改革的课题研究；一个优秀的班主任，不会满足于学校的规定和要求，因此他就有了班级文化特色，有了自己的管理风格。不管什么老师，只要不满足于自己当下的现状，他就能走出一条属于他自己的教育之路。

有所要求就是对理念的追求。 同样的开学典礼，或者是一次大型会议，我们会始终想着如何让学生站在中央，于是就会撤掉主席台，不安排任何冗长的讲话。看似一个简单的动作，但其背后就是理念的追求。

同样一件事，不一样的理念，会导致不一样的行为。按部就班是一种方式，而且是一种普遍的方式。但是有想法的人，或者说有一定理念的人，他们往往不愿意按部就班。因为对他们来说，对理念的追求更为重要。

我们知道有理念的教育教学行为，对于教育教学本身是多么重要。有所要求之人，会思考为什么这么做。而这一问，就会让教育教学行为的目标更加聚焦和清晰，效果自然就不一样。

有所要求就是对成就感的培育。 越是对自我有要求的人，越能够在行动中找到成就感。从自我要求到落实行动，再到体验成就感，就是一个良性循环。有的人对于一件事，他能怎样应付就怎样应付，完成事件之后一无所获。而有所要求的人面对一件事情，他会想着要做就要做得像样一点，做完之后很容易获得他人的赞赏和肯定。

看来，有所要求的这种习惯，对于教师成长帮助很大。当然，有所要求首先要判断这件事是否值得有所要求。不能简单地以为什么事情都要有所要求，否则就很容易做无用功。

与大家共勉！

与大家同行　周国平
2023 年 2 月 21 日

你会给学生怎样的礼物？

尊敬的老师们：

大家好！

周一教师会上，李宾之老师与大家分享了她读的一本书——《老师的十二样见面礼》，想必一定引起了大家的共鸣。听完她的分享，我立即决定给每位老师购买这本书。

宾之老师分享得很精彩，很有自己的风格，使听者轻松愉悦。而且，在轻松愉悦之中，又让人有所收获。其实，这样的分享是我们每个人都应该努力追求的。

她在分享结束时，抛给大家两个问题：一个是在你成长道路上曾经获得过的最好礼物是什么，另一个是你打算给你的学生怎样的礼物。

这是一种思考，应该要保持这样的思考，就像人经常要问自己为什么来到这世界上一样。

这么好的机会，我赶紧让大家互动起来。于是，《一碗炒蛋饭》和《老师让我当数学课代表》的故事就诞生了。从这些故事中，我们不难发现，对于一个学生而言，老师一个小小的举动，都会对孩子产生重大影响。

我们经常听到某些名师或者作家，谈起自己的写作作品时，都特别感谢自己上学时的某一位语文老师。这些老师或是将他的作文当范文读，或是指导他第一次发表了文章。

老师平时的教学，学生们很可能已经忘记，但某一次重要经历，却深深地印在了学生们的心底。这种经历，对于一个人的成长至关重要。

因为这样一次经历，让一个孩子看到了自己的光；因为这样一次经历，让孩子感受到了老师的鼓励。而这一切都是孩子自我成长的内在动力。

回想我自己读书时，也是如此。与老师迎面相逢时，那只粗大的手落在自己的肩上，或者摸摸自己的头，内心都会有一股暖流，甚至会有一种受宠若惊的感觉。

因而，我会感激这位老师，更愿意努力听他的课。这种感觉真的好神奇！

那么，我们该给现在的孩子（学生）怎样的礼物呢？

我觉得微笑很重要。有的学校规定老师必须要微笑，这是有道理的。因为微笑可以拉近人与人之间的距离。与学生相处，如果我们太严肃了，仅有严厉的批评，或者公事公办的沟通，而少有微笑的沟通，那么，我们与学生之间的关系一定是疏远的或陌生的。

如果学生一整天见到的都是不微笑的老师，那将是多么恐怖的事情。微笑吧，老师们。

可是，有的老师会说，我天生就是不爱笑的，怎么办呢？你总不能逼着我露出八颗牙齿吧？

千万不要自我设限。大家如果去过黄山，经过黄山的高速收费站时，一定会被收费员的微笑所感染。虽然是训练出来的，但是与那种面无表情的收费员相比较，我真的会陶醉在这种微笑之中。每一个收费员，都会用标准的微笑来迎接过往的司机。这就是训练的结果。

如果愿意，我们可以尝试一下自我训练。

其实，真的不会微笑也没有关系。我们可以创造一些自己不笑让学生笑的机会。比如准备一些适合学生的好笑的段子，给学生讲一讲。如果自己不行，那也可以让学生轮流准备一些好笑的事情，花一点时间上台分享。或者，你也可以和学生做一件容易发笑的事情。总之，要让学生感受到微笑的力量。

过去，我们经常玩"谁，在哪里，干什么"的短语组合成句子的游戏。第一组在纸上写"谁"，第二组写"在哪里"，第三组写"干什么"，然后让学生上台朗读三组拼起来的句子。这时，往往会有很多搞笑的事情。说不定，不爱笑的你也会露出八颗牙齿来。

给学生的礼物有很多，我想从"微笑"开始，让每一间教室都充满笑声，这是不是很美好的事情呢？一个充满微笑的校园，是不是很值得大家留恋呢？

希望各位微笑着工作！

与大家同行 周国平

2023 年 5 月 25 日

为什么要带孩子走向大自然？

尊敬的各位老师：

大家好！

最近一段时间，因为我的一些分享，很多老师都特别关注我们的课程。比如中草药、野炊和登高等，尤其是对在大自然中进行的教育实践活动特别感兴趣。

这是为什么呢？

或许，他们已经好久没有看到过，像我们这样带着孩子在大自然中学习的情景了。或许，我们这样的场景，勾起了他们童年的某些回忆。你看，百草影院不就是当年的露天影院吗？学校里的野炊活动，不就是当年我们的儿童游戏吗？的确，回忆起这些画面，我们都会感到特别幸福、特别快乐。他们一定觉得童年就应该是这么好玩的。

当然，童年本身就应该是幸福和快乐的。但这种幸福与快乐，自然不是天天不写作业、不考试的快乐，而是说这些东西不应该成为童年的全部。人类来自大自然，他们有着大自然的天然属性。

看到大自然，就会有本能的亲近感和归属感。

这种亲近感和归属感，会给孩子带来很多对身心有益的东西。它看不见、摸不着，但是的确存在。如我们登高，登上山顶，自然会有一种"一览众山小"的感觉。那种超越感，那种心旷神怡，是由内而外自然散发出来的。不登山，自然体会不到这种感觉。

我们选择学校周边的自然风光开展活动，这本身就是一种爱家乡的教育，往大一点说就是爱国教育。如果我们没有带孩子去登山，试想一下会有多少孩子会去这一个个山头呢。一个连家乡的山头都没有去过的孩子，怎能对家乡有留恋呢？我们带着孩子，爬上自己身边的一座座山头，就是为了让孩子与家乡建立一种情感联结。将来的某年某日，当他们再次来到这里，一定会想起当年和同学一起爬过的山。这里，便成了他们有回忆、有故事的地方。

让孩子与大自然多接触，是防止孩子近视的重要途径。有数据表明，近视的原因不是因为看书看得多，而是因为我们长期在室内用眼。因此，让孩子更多地到户外去，到大自然中去，可以有效保护孩子们的视力。除了登高，我们还可以到百草园和学耕园去野炊、去体验劳作。课间，孩子们会在先贤坡上跑来跑去。我还建议上美术课时多到大自然中去写生。

与孩子们到大自然中去，师生的关系更加和谐。在大自然中，师生的心情更加放松，彼此更加容易建立联系。这种非正常教学时间，老师最容易走进孩子的内心。在大自然中，老师更容易放下自己的威严，与学生一起游戏。此时此刻，学生会看到老师的另一面。这有助于学生更加愿意亲近老师。

走向大自然，激发孩子们的灵性，不是一句空话，而是真真实实会发生的事情。百草园里，经常会有一些同学进去采摘桑叶、捉蝴蝶，甚至在坡上跳上跳下。对于孩子们来说，这不就是鲁迅笔下的百草园吗？

接下来，天气逐渐变凉了。我希望老师们可以多分配一些时间，带着孩子们去百草园、去学耕园，挖番薯、掰甘蔗，让孩子们在大自然中释放童年的活力。

我想，这就是我们为什么要带着孩子们走进大自然的原因。

祝各位工作顺利！

与大家同行　周国平

2023 年 9 月 11 日

要有意义感

尊敬的各位老师：

大家好！

之前和大家分享了《成就感：学生成长的强劲动力》这封信，我写完之后想到了另一个话题，那就是本周这封信的主题："要有意义感"。

要有意义感，就是让学生知道为什么要这么做。知道为什么要这么做后，也就有了做这件事的动力。读书这件事，自古以来就是需要吃苦的。古代就有"头悬梁、锥刺股"之说，在我读书的年代，也有在厕所路灯下读书的故事。那为什么现在的学生，读书一辛苦就会有各种心理问题呢？

我认为其中很重要的一个原因是没有解决好读书这件事的意义感。过去的学生，知道读书就是未来人生的出路。这就是他们的意义感。为了将来的美好生活，他们再怎么吃苦，也都觉得那是值得的。而现在，吃穿不愁，孩子们根本不知道读书有什么意义。于是，他们就接受不了这种辛苦，自然会引出各种问题。

那么，如何树立学生读书的意义感呢？

教师的榜样引领。 在读小学时，老师要是问学生长大后想当什么，有不少学生都会选择当老师。而到了初、高中，还喜欢当老师的学生就不那么多了。这很有可能是老师们没有对教师职业表现出某种程度的热爱，更多人只是将其视为一份职业而已。这样会让学生对当教师无法产生兴趣。

当然也不乏一些学生受到好老师的影响，决心长大后要当老师，而且要当好老师。

如果有了这样的榜样，孩子们就会觉得读书是有意义的，他们有了想成为像老师一样的当老师的目标。因此，每一位老师，都应该努力展示自己对职业的热爱。这一份热爱，会传递给学生。他们会想，我要是能成为美术老师那样会画画的人，该有多好呀；我要是能成为体育老师那样会打乒乓球的人，该有多好呀……

这就是榜样的力量！有了榜样，就有了意义感。

经典文化的影响。 最近我把一年级到六年级的晨诵课，用心地看了一部分。我发现对孩子们进行经典文化的渗透和熏陶，一定会发现人生的意义。通过诵读和讲解一、二年级的《弟子规》和《三字经》，可以从小给学生树立一种价值观，知道什么事情是对的，什么事情是错的。

到了五、六年级，学生们会遇到一位位伟大的诗人。从他们的人生境遇中，学生们会感受到力量。通过诵读他们的诗词，再联系自己的生活实际，可以寻找某种对应，从而让学生们认识到生活中的很多不适应，都是人生中必须经历的东西。

小学六年，每天都用这样的文化去影响、去润泽，孩子们生命的意义感就会强烈起来。那种家国情怀、那种使命感，都会在这些文化中得以激发和点燃。

"为天地立心，为生民立命，为往圣继绝学，为万世开太平。"这样的人生使命，只有在具体的文化中，才能传递更强的信号。"达则兼济天下，穷则独善其身。"这样的人生境界，只有在一个个故事中，才能更具有感染力。

这一切，都在我们优秀的传统文化中。这些文化，就在我们的晨诵课里。我越来越喜欢晨诵课，越来越觉得它非常有意义。

一个学生如果找到了人生的意义，他不仅有了动力，还有了克服各种困难的决心。在当下"空心病"学生越来越多的时代，更需要这种意义感。

其实，我们老师又何尝不需要找寻人生的意义感呢？

共勉！

与大家同行　周国平

2023 年 12 月 4 日

第四章

领导力是教师的重要能力

LINGDAOLI

SHI JIAOSHI

DE ZHONGYAO

NENGLI

"领导力"，对于很多一线老师来说似乎是一个很遥远的词。

　　在他们眼里，教师是不需要领导力的。殊不知，只要不是一个人的地方，就需要领导力。想要与家长进行很好的交往与沟通，想要让一个班级变得更积极向上，都需要老师有很好的领导力。领导力不仅仅是领导别人，更重要的是领导自己。

　　本章将会从多个角度阐释教师应该如何通过自己的领导力，来影响他们的学生。

每一个人都要成为自己的领导者

——三校合并之时给全体老师的一封信

尊敬的各位老师：

大家好！

特别是桐溪和沙吞两个校区的老师们，你们好！利用书信的方式进行交流，对于你们来说可能只是听说过，但真正的体验从今天才开始。

为什么还没有上班，就要给大家写这封信呢？其实，就是想和大家聊聊我最近的一些体会。当然，更是希望能够与两个新校区刚加入进来的老师们有一些交流。

昨天，我已经和三个校区的中层干部进行了一次交流。说真的，对于我而言，三校合并后，如何去领导大家共同办学，只能是摸着石头过河。真心希望每一位老师都可以给我一些建议。

今天，我在朋友圈里发了这样一段话："三校合并，首要是处理好关系。任何人面对未来的不确定都有着本能的恐惧。三所学校虽然都是小学校，但是真正融合在一起的时候，老师们内心总是有一些顾虑的。"

我该如何做？

从开始接到合校的正式通知到现在，我经历了莫名不安到现在积极面对的心理变化过程。因为我知道，人的成长过程就是解决问题的过程。我相信，每一位老师都可以成为我的好同事；我珍惜与每一位老师共事的每一次机会。

都是小学校的老师，在这样的一个节骨眼上，也许有一部分老师会有这样的想法：反正生源逐年减少，还不如什么都不用做，最后学校撤了，我们可能还会被分流到市区里去。

是啊，我们想调动的老师在调动难的情况下，可能真的会对此抱有希望。但是，老师们一定要知道，这种好事发生在自己身上的概率不会太高。

这几年，我们已经有不少学校合并，不管是东部还是西部，好像都没有分流到市区里去的。千万别以为撤校，就能把你分到你理想的学校去。

从地理位置来讲，我们这三个校区都还算不错。还有很多人的工作地点比我们还偏，我们学校的位置还是有一定优越性的。但我想说的并不是这些，我想说的是，不管在哪个地方，都要有积极的心态，用我的话讲，就是每一个人都要成为自己的领导者。

前天晚上，老校长退休，一帮老同事相聚，谈起往事，仍历历在目。曾经有一位与我搭班的男体育老师，当年我们在一个乡村小学共事。他还曾经在我家里住了半年时间，那时候一起生活，一起工作，一起组织活动。

如今，我与他各奔东西。我当了一名小学校的校长，他在一所大学校当副校长。现在想来，过去村小的生活非常开心，但是自己过去的教学以及专业成长却有点荒唐。他说自己当初也一直想在专业上有所成长，想参加新秀评选，参加公开课。但是，太难了！

在当时的客观条件下安心学习是一件奢侈的事。现如今想要学习已经变得很方便了，网络上的学习资料、学习资源实在太多了，学习形式也是多种多样，我甚至可以在每天晚上一边听课一边跑步。学习真的是让人很充实的事情。

也许有老师会说，谁会去学习，忙都忙死了。我非常理解，但是完全不认同。这个话题我们以后慢慢去感受和消化。

要成为自己的领导者，就要知道自己在干什么、为什么干。

老师们，我们是在做教育，我们的工作对象是一个个孩子。我们所做的努力越多，他们的收获就会越多，有的孩子甚至会因此改变命运。从教师的影响力角度来看，我们真的可以改变孩子们。正是因为这样，我们应该成为自己的领导者，领导自己不断精进。

拒绝成长，到哪里都会无聊；而成为自己的领导者，无论在哪里都会充满力量。

　　我想这个话题，我应该还没有讲清楚。但是，不要紧的。因为我们接下来相处的时间还很长，可以慢慢地交流。

　　我真心希望每一个老师都可以成为自己的领导者。

与大家同行　周国平

2021 年 8 月 15 日

"双减"背景下老师更应该走专业路线

尊敬的各位老师：

大家好！

这个暑假里出台的许多教育政策，都让我们感到有点惊讶。尤其是"双减"政策一来，对许多校外培训机构和民办学校的规范，力度之大更是出乎我们的预料。

这个政策是国家意志的体现，是国家专门针对近几年的教育乱象的重拳出击。这一政策出台之后，许多人为之叫好，也有许多人对是否能够彻底"双减"表示怀疑，甚至有人觉得"上有政策，下有对策"。

我结合各种信息综合分析，认为这次与以往任何一次都不一样，一定能够产生与以往截然不同的效果。

此次"双减"的目的已经大于教育本身，这是我们每一个人都能觉察出来的。从各地的相关新闻中，我们可以感受到该政策执行的力度，特别是对公办教师参加补课的处罚力度非常大。温州各县（市、区）的举报电话也已经通过公众号发布的形式予以推送。现阶段举报电话比较多，我估计从下个学期开始会逐渐变少，但是一旦被举报，之后的执行力会增强。预计下个学期"带生"现象将会得到非常有效的遏制。

前几天，我在"朋友圈"里发了一些感想："我们大多时候不知道为什么做事情，所以很多人会迷茫。'双减'落实之后，估计迷茫的人会成倍地多起来。这正是我们公办学校大有可为的时候。"

有朋友看了之后，给我留言问"大有可为"是什么意思。我说"大有可为"，就是学校如何引导老师或者说如何为老师创造成长的空间。这已成为最急切的需要。

说实话，过去有一些老师，就是因为有"带生"，所以才能够忍受眼前的许多苟且。从此之后没有了这个目标，很多人就会开始迷茫，不知道自己为什么而工作。

当然，我也觉得过去有一大批特别优秀的老师，因为"带生"而让自己变得功利化。如今，没有了这个目标，一定会促使他们进一步寻找工作的意义。

过去，学校管理不管有什么问题，很多老师是不闻不问的。他们的想法是，学校的事情就是学校领导的事情，我就负责经营好自己的"一亩三分地"。但是，现在不一样了。每一个人都需要存在感，这是人性。学校的事情可能就会有很多人关心了。

如果真的像我所说的这样，其实是一件好事。不管是因此迷茫的老师，还是因此转型寻找意义的老师，都会进入到一种自我觉醒的状态。就这一点而言，我们学校的老师其实已经提早进入了状态。

"双减"背景下，我们每一个老师都更应该重视自己的专业成长。

专业成长不能被简单地认为就是上好课。它应该是一个更为宽泛的概念，包括教师的使命感、明白教育的意义、自我丰富的需要等多方面的内容。

现有体制下的教师成长之路，并非是所有老师都可以做到，比如名师、特级教师的评选。因为这些光环都是按照一定的比例来选拔的。大部分人一辈子与它们无缘，这就决定着我们要另图他径。

每一个人的生命气质是不一样的。

我发现有的老师在班级管理方面有自己的一套有效方法；有的老师上课的课感很好，也很享受课堂上自己的状态；有的老师对于某一项特长非常执着，喜欢带学生社团。

但是，很多老师从来没有考虑过这个问题，随着时间的流逝，随着学校任务的流水线轮转，已经彻底忘记了曾经优秀的自己。

所以，我们不仅需要发现自己的优势，还要借助外力让自己优秀的一面放大，呈现更加优秀的自我。

当然，改变自己的同时，我们的教育理念与方法等也会改变。我们的学生会因为我们的改变而变得更加幸福；我们自己也会因为自己的进步而感到身心愉悦。

老师们，"双减"背景下，我们更应该走专业路线。

祝大家工作愉快。

与大家同行　周国平

2021 年 8 月 22 日

不要总想着我不想教这个班

尊敬的各位老师：

大家好！

21 年前，我从平阳师范毕业，按户籍地来说我要回泰顺工作。可是，我们一家人因为温州人吃水的问题，都已经从泰顺迁到了瑞安。

那我一个人留在泰顺吗？

我父亲为了能把我调到瑞安，想了很多办法。

后来，终于可以到瑞安工作了。当时的教育局领导说，调是调过来了，学校还是你自己来找。

我说："那我能不能在塘下找？"他们答应了，我就开始去找了。在我就读过的师范学校的英语老师赵老师的帮助下，学校的录用公章和意见都准备齐了，于是我和父亲开开心心地把这张纸送去给教育局领导。

父亲以为这样就可以了，就去了广东。可是，这个时候负责的人又来了一句，不能到塘下工作，要回到陶山（移民居住地）去。

这个时候，已临近开学。之前的一切工作全部泡汤，心里满是委屈。那又有什么办法呢？

回到了陶山，又把我分到当时最偏僻的一个学校。我人生地不熟，独自一人来到这所学校，出来迎接我的是一位白发苍苍的老教师，学校的每一间教室总有几扇窗户是用塑料薄膜包起来的，没有宿舍，没有食堂，我一下子没有忍住，哭了。

交通不便，距离又远，来回乘坐三轮车还不能直达。路上辗转三次，花费 12 元（当时工资 658 元）才到达。这就是当年我第一天上班的样子。我好想说，这不是我要的学校！但这就是工作，委屈也要做，除非你不要这个工作。

20 年后，我们学校的新老师李宾之作为提前批进入我们学校，令许多大学生羡慕不已。可是，宾之老师一来学校，就被学校的工作给吓怕了。尤其是班主任的工作，真是让人焦头烂额。

可以看出她内心是不想当这个班主任的，甚至一回家就跟妈妈说，不要这份工作了。但是，我们真能放弃吗？不能，我们可以选择不当班主任吗？不能。

一次，我们几个老师在开玩笑：如果可以选择，我们理想的工作一定是离家近、工资高、事情少，想什么时候上班，就什么时候上班。但是，真可以这样吗？肯定不能。

总有少数老师始终抱有这样的幻想：希望自己上课最少，又不当班主任，还可以选择不教这个班或者那个班。幻想实现不了，还要找个人出来疏通疏通关系。

读到这儿，我想很多校长也想说，这样的老师我可以不要吗？

是的，一所学校的工作量是固定的，老师也是固定的。如果你轻松了，那就意味着别人替你辛苦了。因为事情总得有人去做。

有这样一小部分老师，每到放假就会想方设法找校领导反映，我不想教这个班。也有一部分老师，学校功课表一发他就大发雷霆。大多数老师，都默默地服从学校的安排，不管什么班级他们都努力去适应。

作为教育管理者，我看到了这种现象，就应该有所思考和行动。我始终认为不能让花言巧语之人占便宜，更不能让默默工作的老师吃亏。

当然，我们更要思考怎样营造一种校园文化氛围，让老师们都保持内心温暖，都要有因为我的存在而让别人感到舒服的公共情怀。

我们学校的潘丹丹老师是教数学的，前年因为学校缺语文老师，她主动改行去教了半年的语文；张跃老师是教科学的，去年因为学校里缺数学老师，她改行去教了一年毕业班的数学；陈春明老师原来一直教数学，为了学校工作的开展，改行教了语文。金洁老师在文瑞老师请产假时，主动接下了班主任工作。

正是因为这样，我们这个团队才会很温暖。

反之，如果总想着我不想教这个班，那我们这个团队怎么办？总想着"不想教这个班"的老师，是很难把一个班级教好的。我们越早明白这个道理，就会越早成为内心自由的老师。

祝大家心想事成！

与大家同行　周国平

2021 年 8 月 25 日

当好一个领导者是不容易的

尊敬的各位老师：

大家好！

每一个人都要成为自己的领导者，这是我经常强调的一个观念。但是，当好一个领导者并不容易。我们不仅要努力成为一个好的领导者，还要体谅领导者的难处。

（一）

一名普通老师，要想成为自己的领导者，没有一点自律和他律是不行的。领导者都希望被领导者能够出类拔萃，能够成为优秀的自己。但是，那个所谓的被领导者并不希望被自己所领导。

所以，经常听到一些老师这样讲，我就是一个普通老师，不管学校怎么样，反正我就是这样。如果这类老师所说的"就这样"是自我管理的话，那就是一个很好的自我领导者。但多数老师根本就不愿意成为自己的领导者，也不愿意被他人所领导。他们只希望自己工作少一点，成不成长无所谓。这样的老师就不可能成为领导者。

（二）

一名班主任，对领导者的体验更加深刻。因为你要经常完成来自上一级领导传达的任务，还要去管理学生，甚至是家长。新学期的第一个星期，一年级的班主任就忙得焦头烂额了。中心校区徐燕老师和孔海利老师，每天晚上都是八点以后下班；桐溪校区赵静老师的"朋友圈"主题是"累倒"，但结尾是充实的一天；沙岙校区的欧玉颖老师似乎已经被"十全十美"中队击垮了。

我发现其他学校的一年级班主任，也基本处于这个状态。也就是说，当一个还没有形成班级文化的班级领导者，是极具挑战性，也是极冒险的。

是的，这群刚进小学校园的孩子，还没有形成好规矩，还不懂得自己要做什么，只有满腔的好奇心。作为老师，我们该如何成为他们的领导者，领导他们适应小学的学习生活，并且朝着我们期望的方向发展，这是需要我们很努力地付出的。

很多人经常觉得老师一天几节课太轻松了。真应该让他们来体验一下一年级的班主任，是怎么熬过开学第一周的。

这么多年来，我越发认识到一年级的重要性。如果刚入学的孩子没有在一年级养成良好习惯，后期就可能会产生很多问题。这需要班级领导者具有一种责任和义务去规范、去教育。

其实，其他年级段的班主任也面临着各种压力和困难。当一名领导者并不那么容易。我们的付出往往与收入几乎没有任何关系，一切都是对良知的认同和实践。在这个岗位上，我们得对得起这些孩子。正是这样的责任感助推我们成为领导者。

（三）

学校的中层干部作为学校办学最重要的执行者，他们的领导能力要非常强。他们首先要学会自我领导，然后才能领导老师和学生。

作为学校的行政领导者，看起来他们的周课时比普通老师们少，但是其实际工作还是比较繁多的。比如徐祥平老师，学校并没有给他安排带课任务，他只负责总务和报账的事情。然而，这两项工作远远比上课更麻烦。有不少事情他都是在家里加班完成的。但是，令我佩服的是，去年是学校工程最多的一年，他又是第一次做这个工作，居然可以顺利地完成所有的工作。

我想，这就是领导力起的作用。他能够自己领导自己，不抱怨、不诉苦，甚至还乐呵呵地讲述他的总务故事。从这个角度来讲，他这一年是有收获、有成长的。但是从另一个角度来讲，他是有失去的。他放弃了一年的科学课；他要经常开车到各个单位办事，而且没有差旅费报销。

当一个中层领导者是不容易的。你要能承受得住方方面面的压力，更要为学校和老师办好事情。

我感到特别欣慰的是，我们整个中层团队虽然只有六个人，但是特别团结。学校里有什么事情，他们都是不分彼此，每一个人都认为这就是自己的事情。我想，这就是领导者的优秀品质。

行文至此，大家是不是觉得还有一个领导者角色没有讲呢？对，那就是校长。校长的领导者职能，我想就是激发所有人都成为优秀的"领导者"。

希望我们都用"理解"的眼光去看各个层面的领导者，给彼此以鼓励，让每一个人都成为优秀的领导者。

祝大家工作愉快！

与大家同行　周国平

2021 年 9 月 7 日

那么多鲜花或许都不足以感动你

——2021 年教师节给全体老师的一封信

尊敬的各位老师：

大家好！

今天是一年一度的教师节，祝大家节日快乐！每年都是开学最繁忙的时候，让我们过教师节。那边都还没有喘过气来，这边就又要开始过节了。曾有人建议将教师节改为 9 月 28 日（孔子的诞辰日），我也赞同这个说法。

不管怎样，今天总归是我们的节日。我们用什么样的方式与大家共同庆祝呢？自从暑期师德培训开始，我们学校的工会就已经开始忙碌起来了。这几天，几个老师更是一边上课，一边干苦力活，为大家准备了一份小小的礼物。今天一大早，学校就给每一位老师送上了这份由几个老师亲自动手制作的又甜又亮的节日祝福。晚上，我们还会组织一场露天音乐晚餐，希望每一位老师在享受露天晚餐浪漫的同时，也可以通过展示自己和参加活动的方式来庆祝自己的节日。

这个学期对于大部分老师而言，算是真正开启了崭新的教育教学生涯。与过去不同，因为全国各地中小学都要开展托管工作。开学的第一周，"朋友圈"里满是老师们的各种"回家迟"。但令我欣慰的是，我们学校没有老师发这样的"朋友圈"。

这并不是因为我们不辛苦，而是我们学校的老师们早就适应了。这几年，每天晚上我们都有不少老师回家较晚，为的是让每一个孩子都把作业写完。尽管有一些学生实在拖延，尽管也没有"二阶托管费"，但是老师们都耐心地等着。他们早已经把这个事情当成了自己的本职工作。

当我看到"朋友圈"里的信息时，我很理解老师们这样的"诉苦"。我觉得尊重老师，就应该站在老师的角度去看问题，就应该为老师们谋取更好的福利。作为校长，在这方面我是有愧的。

既然我没有这个能力，我无法为老师提供更好的待遇，那就通过小礼物和露天音乐晚餐的形式给老师们一些精神安慰吧。

老师们每天虽然忙碌，但是一到办公室、一到学校，就能感受到我们大家是在一起的。新手老师与家长沟通出现问题时，经验丰富一些的老师主动帮忙，一起化解困难。班级文化布置时，大家集思广益，我总是被一些有创意的想法所惊艳。每当这个时候，我们就能从"忙碌"中，找到我们自己的笑声。

在办公室里，我们偶尔谈到家校联系的趣事，偶尔也谈到学生精彩的故事。当然，女老师们在一起，偶尔也会聊聊不希望被校长听到的故事。聊一聊，听一听，吃饭的时候，还要谈谈如何减肥，原本非常"苟且"的日子，就可以变成幸福的生活。

生活本来就是苦多乐少，我们能否体会苦中之乐，这是我们必须修炼的一种本领和修养，否则，我们真的会很痛苦。

今天是教师节，老师们的办公桌上一定会有鲜花或者是塑料花，甚至还有学生制作的纸花。其实，再多的花都不足以感动到你。因为花里没有故事。但是，当你看到一张非常不起眼的小小的卡片上，写着几行歪歪扭扭的字，或许能让你幸福得落泪。因为这张卡片承载着一个真实的故事。

老师们，不管是否是教师节，我们都应该让自己的每一天都有意义。这才是长久的快乐。

祝大家教师节快乐！祝愿大家每天都快乐！

与大家同行　周国平

2021 年 9 月 10 日

你遇到的问题早就不是问题

尊敬的各位老师：

大家好！

唐太宗曾说："夫以铜为镜，可以正衣冠；以史为镜，可以知兴替；以人为镜，可以明得失。"也就是说，我们多看看过去和多看看别人的做法，可以使我们少走很多弯路、不必要的路。

最近我读了一些书，有一些感悟，此时，我特别想对老师们说："你所遇到的问题早就不是问题。"

有人说，你如果感觉到自己很忙，就应该多看看书。可是又有人说，我都很忙了，哪有时间看书呀？

这两种说法到底哪个对哪个错呢？

前者的意思是如果你很忙，可能只是被眼前的许多事情所困扰，而无法看到别人遇到同类问题的解决办法。如果你去看看别人的做法，或许会豁然开朗。而后者是属于陷入事情泥潭的当事人，越着急越出乱子。

周日上午，学校和国旗教育馆联合做了一次主题教育活动。

活动时，不管是集体拍照还是转移活动空间，学生都非常有秩序且高效。以在先贤坡做完活动退场为例，一百多名学生来自不同班级，又没有班主任参加，退场如果没有安排好，很容易出现意外情况。

这个时候，如果老师说今天的活动到此结束，大家回家路上注意安全，那么学生就会一哄而散，毫无秩序感。而此时的我是怎么做的呢？我说："同学们，活动结束了，请大家按照我数数的节奏离开。"我开始数 1、2、3、4、5。接着，我又说："看看哪一个同学听不懂我的节奏？"

果然，所有的学生都跟着这个节奏，步行离开学校。而且，比老师组织的排队退场更加自然有序。

活动结束后，国旗教育馆的几个工作人员都对我说："周校长，你的组织能力太强了，太给力了！"

过去，我将活动组织得条理有序，有不少老师觉得是因为我是政教处主任和副校长的缘故。当然，我不否认这其中或许有关系，但绝对不是因果关系。

后来，大家又换了一种说法，说我有气场。

这个观点我认同，我觉得气场是自己营造出来的。不管遇到什么样的场合，你有没有自信心去控制住这个场域，就决定了你的气场。进入一个班级后，我会抱着这样一个信念——我绝对会让你（学生）感受到我的权威。

这个学期，我到沙呑和桐溪两个校区上课，两个校区都是五、六年级的课。而我对他们来说，是一个完全陌生的外来老师。如果我在课堂上不营造出一种气场，是很难管得住这些学生的。

事实上，我完全有这种能力去驾驭这样的班级。

于是，又有老师觉得我是生来自带气场的。真实的情况是这样吗？

当然不是的。大家也应该从之前的信中了解到我刚参加工作那会儿，是管不住学生的。后来，慢慢地开始阅读一些书籍，比如《故事知道怎么办》等，阅读使我逐渐进步，逐渐自信地站在学生面前。再后来，我就一边做，一边写，又一边感悟，从而更加有自信了。

所谓的气场就是这么来的。

最近我又在读一本《15秒课堂管理法》，发现里面有好多操作层面的技术，我平时也经常用，而且非常有效。看吧，这样的阅读又增加了我实践的自信心。

越读，我就越明白我们所遇到的许多问题，早就已经不是问题了。只是我们没有去发现而已，所以我们仍然焦虑，仍然毫无头绪。

更糟糕的是，有些老师从一开始就认为班级纪律的问题，是因为这个班级的学生本身纪律太差的缘故，而不是老师本人的问题。还有一些老师觉得自己天生就没有管理班级的天赋。于是，这两种老师都很难让课堂变得有序。

你遇到的问题早就不是问题，你要学会的是去找寻别人曾经是怎么做的。

好好学、好好做，就会让自己变得更轻松、更自信、更专业！

祝大家工作愉快！

与大家同行　周国平

2021 年 11 月 30 日

只是说过了，孩子是不会做的

尊敬的各位老师：

大家好！

上周我拍了两个雨天学生放雨伞的视频发在群里，两个视频形成鲜明的对比。这种对比不仅是学生习惯的对比，更是教育细节的对比、方法的对比。我这样讲不是批评和指责，而是希望老师们要抱着学习和复盘的心态来看待我的分析，从而达到共同成长的目的。

两个视频两种教育方式，透露出来的是管理策略的问题。值得我们思考的是为什么我们经常说，可是孩子们依然做不好呢？

通过思考，我得出一个结论：如果只是说过了，孩子们是不会做的，或者说是做不好的。

以放雨伞为例，两个班级都有统一放雨伞的规定，而且学生都有集中存放的意识，可见两个班级的"放雨伞"教育都是落实到位的。再来看一个班级的雨伞全都是没有收拢的，甚至是直接扔在地上的；另一个班级所有的雨伞都是折叠好的、收拢的，甚至雨伞放哪个位置都是有安排的。

以上两种情况形成鲜明的对比，我们可以分析其中的原因。前一个班级可能老师只是跟学生说过雨伞要集中放置，但是没有再做要收拢或者固定位置的教育。也可能老师有说过但是没有反馈和跟进，久而久之学生就被打回原形了。

后一个班级，首先可以肯定的是老师一定做过怎么收放雨伞的教育，而且我还观察到是有一位学生在负责管理的。后来，向两位老师了解了情况，果然如我所说。后一个班级不仅有学生负责此事，老师还经常对这位学生进行督促和反馈交流。所以，就是这么微小的区别，形成了两种截然不同的习惯。

其实，我们大部分人都采用第一种管理模式，也就是"我说过了"。我们拿这两个班级的视频来分析，就是想让大家反观自己平时的教育教学管理，是不是属于"我说过了"。如果仅仅是"我说过了"，那是不可能有好效果的。

看见问题，才是第一步；解决问题，才是我们要的。如何让自己的教育教学管理，不停留在"我说过了"，而是能够让自己的管理做到高效？其实，还是得引用清单思维。与后一位老师交流之后，我整理了一下她的清单思维：

1. 面向全班讲解雨伞怎么收放；

2. 根据雨伞的不同样式进行现场演示；

3. 指定一名学生作为伞架管理员，并安排具体任务；

4. 对管理员进行多次培训；

5. 时常督促班内学生养成习惯。

看，做成每一件事，都不会只有一个动作，一定是多方面的因素促成的。或者说，做成任何一件事都是一个系统工程。那么，对于我们来说如何拥有这样的清单思维呢？

我们可以做这样的尝试练习。拿出笔记本，打开空白页，尽量多地写下做成这件事情的成功因素。然后，我们再根据这些因素，找出对应的策略。甚至，我们还可以激发学生的力量和智慧，开展头脑风暴来解决问题。

我相信通过几次这样的清单思维模式的练习，我们就会习得用清单思维的方式来解决问题了。

只是说过了，学生不一定会做。只有用清单思维模式告诉每一个学生怎么做，并且督促他们这么做，才能让每一个孩子真正学会做。

清单思维很重要，建议大家购买《卓越课堂管理》一书来读一读，对你们可能会有帮助。

祝各位工作顺利！

与大家同行　周国平

2022 年 3 月 31 日

要有任务还要有指导

尊敬的各位老师：

大家好！

上次写了一篇文章，谈到了老师们听课聊天的事，这跟学校的管理是有关系的。其中的一项内容是学校教导处和教研组要有明确的听课任务。每一次参加听课的老师，要带着任务去，这样才会更加高效。

其实，我们每个人上班也要带着任务，否则就会认为上班是没有意义的，是不需要来的。尤其是对于学校的体育、音乐和美术等学科的老师而言，他们没有学生的作业要批改。所以，往往会让老师们误以为在学校里除了教课之外，就没有其他任务，整日无所事事。

所以，很多老师认为他们没有课，可以早点离开学校；或者早上没有课，可以迟点来学校，甚至有的老师觉得上午没有课，就不用来学校了。那么，我就在想音、体、美老师的任务，难道仅仅就是为了上课吗？其实，还有很多的任务需要他们去完成。

这些任务可以是学校布置的，也可以是自己寻找的。每一个老师都要为自己的教师专业成长负责；每一个老师都应该为了自己的教师专业成长，给自己布置一些任务。除了上课，我们如果利用好空余时间，是可以做成很多事情的。比如早点到学校，就可以利用没有课的时间，来做一点重要而不紧急的事情。

作为学校的管理者，我觉得我们应该帮助老师们找到个人目标，再以目标来规划他们的时间。这样一来，就通过任务驱动的方式促进了教师的个人成长。

大家都知道，人是一种适应性非常强的动物。如果我们习惯于没有任务的生活方式，那么当任务来临时，自己的内心会产生恐慌，以至于表现出抗拒的行为。反之，如果我们每天保持一定的节奏感，知道自己要干什么，久而久之，我们也会适应这样的生活方式，并全然不觉得辛苦。

这样看来，所谓的"优秀者"，其实就是保持一种紧张状态，让自己每天都有任务，而且知道自己为什么这么做的人。

除了要有任务，还要有指导。没有指导，很多人不知道如何完成任务，或者说怎样才算是完成任务了。从这个角度去看，"指导"可以是一种方法的辅导，也可以是一种考核的方式。

就拿之前我在群里发的关于伞架的问题为例。不同的班级，对于伞架的管理是不一样的。每一个班级都已经给了任务，学生也知道雨伞应该放在哪里。可结果，很多学生仍是将雨伞扔在伞架旁边，乱成一团。这就是缺乏指导、缺乏评价和考核的结果。

有的班级，不仅安排了任务，还会通过示范和演练来指导学生怎么做。甚至，还会安排一个学生，来考核和检查其他同学是怎样放置雨伞的。有了任务，又有了指导，班级的伞架才会管理有序。

老师们，不管是老师还是学生，都需要任务和指导。只有在任务中完成锻炼，在锻炼中得以指导，才会让自己更加优秀。

让优秀成为我们的习惯！

祝大家劳动节愉快！

与大家同行　周国平

2022 年 5 月 1 日

像赢家一样生活

尊敬的各位老师：

大家好！

周五的学区大课间评比，学校里组织了几次练习，学生的精神状态不是特别好。陈璋怡老师说，她去某某学校看到的学生大课间时的精气神要比我们学校的好。

我最近一直在思考，问题到底出在哪里？

第一，或许学生的衣着打扮，会是一个问题。我们经常说"人靠衣装马靠鞍"，这是有道理的。有些家长不注意孩子的着装，有衣服穿了几天脏兮兮的，有衣领破损的，有拉链坏了的，等等。一次，我对一位家长直言："你儿子这样的打扮，一看就是锻压厂里出来的。"我没有瞧不起工人的意思，只是觉得不管是哪一种职业，都应该讲究整洁、端庄。这是对别人的尊重，更是对自己的尊重。

现在很多企业都有自己的工作服。有不少工作服甚至越来越具有审美性。

企业为什么要这么做？我想也是想表达自己企业的精气神。

我们不鼓励学生追求品牌衣服，但是一定要鼓励学生衣着整洁、大方。我现在越来越发现对学生进行礼仪培训的重要性。我们没有给学生看过衣着打扮得体、精气神饱满的样子，没有告诉他们哪个样子才是我们小学生应该要有的。那些不大关注衣着的学生家长，自己的穿着就随随便便。

在这样的环境里，学生怎么可能有精气神呢？

第二，或许学生没有看到或者体会到精气神是什么样的。你想让别人变得美一点，首先得让别人看到什么是美的。这样，才能让他们对美产生向往。看看中国功夫，看看大阅兵，看看划龙舟比赛，这些对于培养精气神是非常有帮助的。

学生没有看到，自然就不会有感觉，也就不会有向往。除了让学生看到这些精气神的样子，还要让他们真正体验精气神的存在。比如我们的教室环境：一间教室如果桌椅整整齐齐，它就能表达出一种精气神。如果桌椅是东倒西歪的，自然就没有精气神可言。所以，想要让学生有精气神，就要在教室环境中让学生得到体验。

我们还可以利用跳绳运动会、广播操比赛、五项循环竞赛等载体对学生进行精气神的培养。我发现有些班级对这些比赛特别用心，颁奖时的欢呼声就是最好的证明。有的班级就算拿到大奖也是无所谓的样子。前者的欢呼声，就是一种"气"。这种"气"不是天生就有的，而是需要去营造的。一个会"打气"的老师非常重要，一个班级如果没有"打气"的人，那这个班就很容易成为一盘散沙。

第三，学生没有精气神，可能是因为老师的精气神不足。学生精气神是随老师而变化的，老师如果有精气神了，孩子们也就有了精气神。假如国歌响起、国旗冉冉升起时，我们没有精气神，一副无精打采的样子，估计我们的学生也会是同样的状态。

去年，我们一起看过电影《卡特教练》，卡特教练之所以能够让一支球队从屡战屡败转变为屡战屡胜，除了技术原因之外，还有卡特教练对学生的精气神要求——像赢家一样生活。

我想，我们也应该把这样的观念，融入我们的教育教学生活中去，让我们像赢家一样生活，让我们的学生也像赢家一样读书、生活。

与大家同行　周国平

2022 年 5 月 21 日

你是什么样的人才是关键

尊敬的各位老师：

大家好！

这几年一直在写关于班级管理、学生阅读和教师成长三方面内容的书信。不断地写，不断地思考，不断地阅读和学习，让我越来越明白"改变"真是太困难了。

前几年，我一直在给大家分享一些我个人的管理经验。我发现大家根本用不起来，或者说用起来的效果也不是很好。起初，我不知道这是为什么，总以为是因为大家没有花时间去做这个事情，或者说是没有坚持去做。直到最近，我才终于明白了为什么会这样。

这几年，听魏老师的讲座，我学到了很多。通过阅读，我又验证了很多。对于一间教室而言，你是什么样的人才是至关重要的。你是一个安静的人，教室里自然就是安静的；你是一个爱整洁的人，教室里自然就是整洁的。方法只是方法，永远代替不了你的态度。前段时间，我写了一篇题为《学生的吵闹是你引导的》

的文章，讲的就是这个道理。

令我高兴的是，有些老师通过自己的学习和实践，正在使教室的样子向好的方向变化。同样一间教室，从原来的无序到现在的井然有序，让老师和学生都感到了轻松。就是老师本人，也能够从中感受到自己的变化，显得更加自信和从容。

我再来说说"阅读"这件事。

每周五的大阅读时间，我会到各个班级去转转，总能发现一些学生游离在外。他们或总是要离开座位去借书，或总是看着一些漫画册子，尽管这些学生已经五、六年级了。不知道大家有没有注意到我用了两个"总是"。如果偶尔出现这样的行为，是可以理解的。但是，总是这样就意味着这些孩子根本没有进入到阅读的状态。这个时候，就需要有一个从旁协助的大人——我们。

我发现这些孩子出现这种状况，并不是因为没有阅读能力，而是没有办法安静下来。我尝试着给几个孩子做了实验：我给他们选择一本书（国际大奖小说），然后我就坐在他们旁边安安静静地陪他们一起看书。我发现当我专注自己的阅读时，这些孩子也都能够进入到书本里去。

那么，为什么有的老师们没有注意到呢？一是老师们认为孩子就是有喜欢的和不喜欢的书。这个观点是对的，但是前提是我们已经根据年龄挑出了学生喜欢的故事类儿童文学或小说。只要学生读进去，就会在书本里流连忘返。因此，面对这样的孩子，我们要做的就是安静地陪他们。

二是老师们看到学生拿着书，就觉得万事大吉，至于读什么书并不太重要。有些学生会从家里带来言情小说，在同学们之间互相传阅，尤其是五、六年级的女生之间经常会出现这种情况。老师们一不小心，就会被学生的行为蒙蔽双眼，还以为自己的学生们都很爱阅读呢。

那为什么这样的学生不能被经常发现呢？我想，这跟老师的阅读能力有关。经常读童书的老师，会更加敏感。因为他们知道书的品质，甚至对纸张和印刷都特别关注。这使得他们能够立即做出学生是否在阅读合适的书的判断。

因此，能够帮助学生爱上阅读的人，一定是热爱阅读的人。

身为教师，我们是什么样的人很重要。因为那间教室里坐着的人会随着我们的改变而改变，随着我们的成长而成长。学科学习也是如此，我们热爱数学，学生会跟着我们一起热爱数学；我们热爱体育，学生也会跟着我们一起热爱体育。就这么神奇，你是什么样的人才是解决问题的关键。

愿我们内心安静、终身学习、热爱生活、勇于担当，做一个能够像小草一样生长的老师！

与大家一起共勉。

与大家同行 周国平

2022 年 5 月 30 日

你有目标吗？

尊敬的各位老师：

大家好！

转眼间，一个学期又要过去了。一个学期里，我们留下了些什么？有什么东西是特别值得自己骄傲的吗？新学期，有给自己定一个目标吗？

我先来回答吧。这个学期，我觉得自己学习又进步了一些。一个学期，我完成了 42 篇文章，其中有 20 封主题书信，有一篇文章发表在《教师月刊》，有一篇论文获奖，还有一篇论文即将在《浙江教研》上发表。对我而言，留下的可以看到的可能就是这些文字了。特别值得骄傲的是我从困境中走出来了，告别了痛苦的日子，我依然精神抖擞。下个学期，我的目标有三：一是能够让儿童阅读课程真正走进老师的心里，走进学生的世界里，让 4—6 年级大部分学生的年阅读量达到 800—1000 万字；二是能够持续激发老师们的成长热情，让老师们朝着自己的目标前进；三是能写一篇有关我个人管理经验的文章，并发表或获奖。

为什么要讨论"目标"这个话题呢？

目标是我们前进的方向，能够让我们有计划、有步骤地去努力。去年，我开始尝试用目标管理清单的方式来管理学校。我给每一个中层干部都拟定了个人的目标，甚至也组织过一次专题对话来明确个人目标。但是，我发现这种方式不能激发大家去努力实现个人目标的热情。

这个学期，我参加了"当校长遇上德鲁克"的管理学习。其中有一个课时就是教我们如何与老师们探讨个人的目标。我找了几位老师进行了关于"目标"的谈话沟通，发现这个方法挺好。因为通过这样一次对话，能够让老师自己思考和表达，并最终明确自己的目标以及达成目标的路径。这样的目标制定才是真正属于个人的成长目标，才能真正对自己有影响、有帮助。

作为校长，我真心希望每一位老师都能够成为优秀的老师。优秀的老师应该具有丰富的教学经验，有个人特色的教育管理方法，并且能够在学生面前有威严，能够在家长面前很专业，能够在同行面前很自信。那么，如何让老师们朝着这个方向去努力呢？

于是，我想请大家在学期结束前，写一封属于自己的、最特殊的"给校长的一封信"。

这封信你要回答以下几个问题：

一、你的目标具体来说是什么？可以从以下几个方面着手去思考：学科教学、课堂管理、家庭教育和个人爱好等。

二、这个目标是可以衡量的。目前自己处在哪一个位置，如果达到满意目标为 10 分的话，当下自己是几分？你下个学期想达到几分？怎样去达成？

三、你觉得实现自己的个人目标的意义和价值是什么？为自己写上多个实现目标的理由，可以是理想中的意义，也可以是现实中的价值。多问问自己，你可能会有更足的动力去实现你的目标。

四、你打算用多少时间来完成你的目标？有目标还需要有目标期限，否则又给自己增加了一个无限期的任务。

我想请每一位老师都仔细想一想，自己的目标是什么？我也希望各位老师都能够朝着自己的目标努力，成为更优秀的自己！

我真心期待每一位老师的来信！

祝各位工作卓有成效！

与大家同行 周国平

2022 年 6 月 6 日

我们的愿景是什么

尊敬的各位老师：

大家好！

从师德培训开始，我们已经进入到工作状态。大家已经从休闲状态，调整到了有节奏的生活方式。原本今天就要进入紧张的教学状态，没想到因为台风大家又休息了一天。

新学期开始了，我想我们应该去想想我们学校的愿景是什么，我们自己个人的愿景又是什么。只有做到有方向、有目标，才能心中不乱。

学校是有生命的，它因为我们的给予，才会变得如此有活力。我们对它给予厚望，它就能走得更远、更好。原来，我们一直在强调办一所高品质的乡村学校，办一所让自己的孩子放心读书的学校。前段时间，我们又做了一个讨论，我们要办一所"卓越"的学校。

我们希望学校是卓越的；教师是自信的、专业的，富有使命感的；学生是成绩优异的，有理想、有追求的。这样的学校离我们有多远，取决于我们离它有多远。作为校长，我满心期待，并且愿意为之付出自己最大的努力。新学期，我带一个班的语文，我相信我能做点什么，我能改变点什么。老师们一起来吧！这个学期，是我们"三年之约"的第一个学期，从此刻开始让我们踏上一场理想之旅。

如果实现了我们的愿景，我们每一个人都将是崭新的自己、伟大的自己。此刻的我是激动的，我已经迫不及待地想着三年后自己的样子。

不管你是今年刚入职的新教师，还是已经在这里教书多年的老同事，我希望各位都能有自己的职业理想状态。你可以没有很清晰的人生规划，但你脑中一定要有自己人生未来朦胧状态的样子。

今天下午，一位在读大学的学生发来消息，告诉我她被学校保送到北京的一所重点大学读研究生，并已经被校方拟录取。对于这个消息，我一点都不意外。在聊天时，她告诉我她有很清晰的人生规划，所以这次录取也是自己多年努力的回报。

我想起了她从小学到大学一路的历程。这位学生就是这样一个有目标的人。读小学时，考不好她会非常难过，尽管同学们看不出来，但是逃不过老师的眼睛。到了六年级，那年刚好开始摇号招生，她没有被理想的学校摇上，只能到碧山中学就读。那天晚上，她给我打了近一个小时的电话。最后，她接受了学校，并对我说："周老师，我一定要考上瑞中。我考上瑞中，再来见你。"

三年后，她如愿以偿地考上瑞中。对她来说，这是一次小胜利。三年高中生活，她非常努力。很快又到了高考，她的成绩只是刚过一本线。这与她的理想又差了一段距离。这次，她和考上浙大的另一个同学来见我了。那天我们聊得挺多。她面对考上浙大的小学同学对我说："周老师，这次虽然没考好，但我会在大学里继续努力的。"

看，时间真快。今天她就发来信息，告诉我好消息了。我特地向她要了她妈妈的电话号码，与她妈妈通了二十分钟的电话。她妈妈很开心，跟我讲了很多，说她的女儿一直想学医，非常坚定，说她在学校里就一心读书。她还开玩笑说，读高中时就怕女儿谈恋爱，现在读大学了，接下来还要读研究生，就怕她不谈恋爱。

一个有理想的人，总是被那么一股神奇的力量所推动，谁也阻挡不了。当然，对于我们老师而言，可能没有必要有很清晰的阶段性目标，那样很容易功利化。但是，我们一定要想象着未来自己的样子，总之不能成为自己现在就讨厌的人。

老师们，我们都想想吧，那个未来的自己，究竟是一个怎样的人？想着、想着，我们就会朝着那个方向前行。

最后，祝大家开学快乐！教师节快乐！中秋节快乐！

与大家同行　周国平

2022 年 9 月 5 日

管纪律还是管事情

尊敬的各位老师：

大家好！

上上周，我特别关注了站在操场后半部分的学生。我发现后半部分学生跳绳普遍较差，有的甚至连双脚跳都跳不了几个。

为什么会这样呢？

原因在于我们关注他们的时间太少了。我相信老师们肯定会提出质疑：不可能呀，每一次我都是最关注他们的。

看起来好像是这样的。老师们经常要处理的问题，就是因为他们而起的，平时没少跟他们打交道，或谈话，或训诫，要说班级里接触最多的还是这些孩子，怎么能说没有关注他们呢？但是，大家有没有发现，每一次我们都是等到出问题了，才去跟他们打交道，才去关注他们。而每一次这样的关注，无非就是惩罚和训诫。

正是因为这样，当别的孩子在练习跳绳时，他们在被训诫。所以这些孩子比别的孩子少了很多的训练时间。"教育"过后，我们不再管他们是否有在练习，只要他们安静不出问题，不久就会从我们的视线里消失。从这个角度来看，其实我们并没有关注他们。

那么，我们应该如何去关注这些学生呢？到底是等出了问题才去管理纪律呢？还是没有出现问题前，就去管理他们呢？

我的答案当然是后者，这跟之前的晨读程序设计道理是一样的。我们要让学生有事情做，还要让他们做的事情能被我们看见。操场后面的学生跳绳为什么跳着跳着就不跳了？这和我们没有经常去看他们跳绳有关。说实话，很多时候，我们对这些学生是否按要求跳绳或者做操，并没有多大要求，只是要求他们保持好纪律。孩子们很容易看懂我们的心思，因此他们也就无所谓了。

通过这样的分析来看，我们对学生的要求是不能放松的。学生如果真不会跳，我们完全可以把对他们的要求用数字进行量化。比如一天完成 300 个跳绳。当然，这个数字可以一天天增加。花样跳绳，可以从简单到复杂，一天天去练习。另外，我们还可以安排学生和学生之间，一对一进行指导和监督。总之，一定要让这部分学生知道我们对他们是有要求的。

这就是我所表达的"有事做"。所有的室外课老师都要特别注意这一点：如果老师没有具体的任务要求，学生自然是会乱哄哄的。我们平时所讲的指令要清晰，就是要让学生知道自己接下来要干什么。否则，就会像无头苍蝇一样四处乱撞，使整个课堂毫无秩序。

　　因此，我们所谓的管理纪律，其实就是要管理好学生怎么做事情。

　　另外，老师不论在室外还是在室内，都要在队伍中穿梭，而不能光站在队伍的前头。如有必要甚至可以直接站在那些经常开小差的学生身边。只要你站在他们旁边，不用说一句话，他们就自我约束起来了。

　　老师们站的位置是很关键的。因为老师们所站的位置，就代表了老师们的重心，代表着老师们是否看见了这些学生。让每一个学生都能被我们看见，跟着感觉走肯定不行，一定是需要策略的。在学生中间走动就是一个很好的策略。

　　我在想，学生被我们看见，被我们要求，是否会更有学习动力呢？谨以此文，与大家一起思考。

　　祝各位工作愉快！

　　　　　　　　　　　　　　　　　与大家同行　周国平

　　　　　　　　　　　　　　　　　2023 年 3 月 6 日

如果你是校长

尊敬的各位老师：

大家好！

在演讲时，我总会在想作为听众，他们想听什么。所以，我明白了故事的力量。

当校长时，我经常在想我当老师时，我希望遇到的是怎样的校长。

我知道老师们不希望校长在会上照本宣科，所以我会准备好每一次的发言，甚至做成简单的课件，再进行发言。我知道老师们内心里是渴望成长的，所以我会创造机会让老师们登台锻炼。我知道老师们希望校长做给他们看，所以我就以"己所不欲，勿施于人"八个字作为自己的工作作风。

我知道我做得还远远不够。我发现近期自己又开始喜欢讲废话了。所幸的是，我已经发现了这个问题。我会经常反思自己的思想，审视自己的行为。

我有时候会想，如果老师们都成为一所学校的校长，你们会如何治理学校呢？你是希望把一所学校办得更好一点呢？还是当一天和尚敲一天钟，不管学校今后如何发展呢？

学校里最大的问题是人的问题，也就是老师的问题。我曾经说过这样的话：教育就是一群积极向上的老师，带领着一群学生积极向上的过程。那么，如果你是校长，你是否希望每一位老师都成为终身学习者？如果遇到不爱学习的老师，工作又不认真，你又会怎样去处理这些问题呢？

校长经常要面临两难的困境：一是"教师第一"的理念，二是"学生第一"的理念。教师第一，意味着校长处处为教师着想，这是天经地义的事情。于是，现在的学校管理比起以往的学校管理模式，就多了很多人文性的东西。比如上班不打卡，弹性坐班制等。而实际上，学校服务的是学生，如果老师们始终站在自己个人享受的角度去做事，不打卡、随意迟到，那么"学生第一"的理念又如何来落实？

学校总是一个有规矩的地方，教师总是有点特殊身份的人。如果有老师做事情逾越规矩，校长找他谈话，指出他的问题很可能会让这位老师反感；如果不找他谈话，不告诉他存在的问题，那么这位老师就有可能在错误的道路上越走越远。面对这样的问题，如果你是校长，你会怎么做呢？

当然，校长面临的问题还有很多。比如老师们的不理解，甚至是误解，校长应该如何面对？家长与老师之间的关系问题，当家长不满意某位老师，甚至要求校长更换老师，不更换就要去教育局告老师，校长又该如何处理？

以上问题，都是我从教以来经历过的事情，一线老师们可能很少去关注。老师们能否给我写一封名为《给校长的一点建议》的信，从校长的角度出发，进行深度思考。或许这封信对老师们来讲有一些困难，但我特别期待这封信。

总之，不管在工作上还是生活上，我们都应该经常去换位思考。我会继续保持"如果我是老师……"的思考方式，也希望各位老师经常站在"如果我是校长……"的角度，给我多提建议。

祝各位工作愉快！

与大家同行　周国平

2023 年 4 月 13 日

不管在哪里都要安心立命

尊敬的各位老师：

大家好！

每年到了调动时节，老师们的心里总会翻滚出种种滋味，羡慕甚至嫉妒都有。许多人为离开找到了好多理由，也有许多人准备了好多东西为了离开。不管怎样，我都祝福，我都理解。

今年的调动还没开始，却来了一拨干部选拔，对于即将进城的这些中层干部来说，的确是一件好事、美事，甚至是幸事。因为学校虽多，但是想进去的人也多。能够成功选调，这无疑是实力的比拼，也是运气的比拼。

如果换作当年的我，我也会报名尝试。

但是不管在哪里，都要找到安心立命之道。在交通和网络如此发达的当下，地理空间其实已经变得不那么重要了，重要的是人的思维和能力。一个爱抱怨的人，或许只是换一个地方继续抱怨而已。因此，一个人能够找到自己的安心立命之道，是非常重要的事情。

能够找到安心立命之道的人，空间已经不是他的障碍。换句话说，是金子到哪里都会发光。这句话当年对我来说，只是一句安慰的话。或许，当下对很多人来说，也只是安慰的话。但是，时下的我感受到了它是真的，而不是美丽的谎言。

昨天晚上，龙游的一位校长加我微信。我点开她的"朋友圈"看到了一个视频。一位年轻的老师，在一所只有143名学生的乡村学校，既是科学和体育老师，又是学校的总务主任和信息员。他在布置孩子回家跳绳打卡时，发现了乡村孩子手机"打卡"有问题，于是就自己动手制作了一个跳绳魔法盒，并且安装在了教学楼的走廊上。学生一下课，就可以到走廊里打开魔法盒，进行天天跳绳挑战。人民日报因为他的这一举措来采访他，让他一下子成为了网络名人。

说起这个魔法盒，其实也很简单。就是在一个盒子里安装一台小平板，接上电源和网络，再弄一个支架，让学生可以自己操控。但是，不简单的是背后的东西，是解决问题的思维。当大多数人都在抱怨农村家长不支持学校工作时，他却在寻找如何解决问题。当他解决了问题，自然就获得了成就。

看完这个视频，我立即托人介绍认识了这位"牛人"沈毅老师。一聊起这个话题，他就有了很多话要说。他说这个问题原本就是一个教学的问题，解决之后不仅成为了新闻热点，还让这个案例成为了省"双减"优秀案例。

看吧，这就是不管在哪里，只要是金子就会发光的道理。我相信沈老师如果到城区学校，他也一定会做出成绩来。

昨天晚上，我发了一些好玩的视频给刘君君老师。这些视频内容都是一位当兵转业成为体育老师的叶海辉老师自己设计和创造出来的。看完之后，你一定会觉得体育很好玩。他设计了一个骰子，每一个面都写了一种体育项目。学生几个人一组，在体育课上以投骰子的方式开展活动，转到哪一面就指定做哪一个动作。这样的体育课想一想都觉得很好玩。

这跟在哪里有关系吗？这些老师到哪里都会很有成就感，因为他们有了安身立命之道，那就是对教育的热爱。

真心祝愿各位找到自己的安身立命之道！

还是那句话：选择离开是自然，而留下一定要自由。

与大家同行　周国平

2023 年 4 月 26 日

因为真，所以听起来痛

尊敬的各位老师：

大家好！

一个学期又快进入尾声，除了感慨时间流逝之快外，我们在一个学期里留下些什么了吗？这个问题，我觉得应该经常问问自己，这是一种人生思考。写下来是一种重要的自我对话方式。因此，我总是强调让大家坚持写作。

这半年来，我一直希望和校委会的同事减少在沟通上的成本。有事说事，直接奔入主题。因此，有时候有些话听起来就会让人不舒服。但是，我有一个观点：因为真，所以听起来"痛"。

大家都是聪明人，对于那些阿谀奉承之言，必能从其语调语气中听出来。对于听者来说，尽管表面上没有表达出来，但是内心里已经开始讨厌他了。而那些真心实意之言，我们也能从对方的言行举止中有所觉察。所以，我在自己的 QQ 留言上写下自己的"格言"：相处久了，就知道了。

我们在平常的工作和生活中，会经常性地听到一些让人感觉到"痛"的话。也许有人会质疑：人不是应该学会赏识别人吗？赏识，不就是要说赞美别人的话吗？是的，人是需要激励的。一直听"甜言蜜语"是起不到激励作用的。明明没有做到位，如果我们还要说赏识的话，那就是纵容。

不管是在生活中还是工作中，人都难免会犯错。因此多听听别人的意见，是一种非常好的警醒方式。前些年，我还能喝酒，有几次喝醉了。第二天，我爱人就给我细数头天晚上的种种失态。当她在数落这些失态画面时，我就端着小凳子，坐在她面前听。我一边听，脸一边发热，觉得很难为情。但是，我发现这种方式使我对饮酒态度的改变，是很有帮助的。

当时听到那些话真的很不舒服。但是，只有不舒服才会警醒自己。工作中，也同样会有这样的经历。前段时间，"未来教育"窗口学校评估，一位领导对我们学校学生座位提出他的观点。他语言犀利，听者感觉自然不好，但是我发现经他这么一说，才真正地让我意识到了问题的严重性。

因此，听起来"痛"的话，对于我们的成长非常重要。人的一生，活到老，学到老。人不能一直处于"长不大"的状态，总喜欢听好话，而应该真实、勇敢地面对自己的不足。

如果你一直都没有听到"痛"的话，对你来说未必是好事。因为成长的过程就是痛的。大部分同事之间，哪怕你是犯了错，也不会有人提醒你。因为同事们知道，你未必喜欢听"痛"的话，甚至还有可能从此分道扬镳。

一所学校中，应该要有老、中、青不同年龄段的老师。因为这三代人会形成"传帮带"。一些正直的老教师，敢对年轻老师讲真话。这对于年轻老师来说真是一种福气。

因为真，所以听起来"痛"。因此，一个人讲真话，得有多大勇气？对于校长而言，谁不想当"好人"呢？对于同事而言，谁不想当"好同事"呢？

珍惜每一句"痛"的话，其实就是对自己负责。

甜言美语，只能自我安慰罢了。

与诸位共勉！

与大家同行　周国平

2023 年 5 月 30 日

在哪里不重要，重要的是谁在哪里

尊敬的各位老师：

大家好！

近期，大家都在谈论调动的事情，哪里还有心情看周校长的信呢？或许，有老师真的心神不定了。那么，我还真想再来谈谈这个话题。我有一个观点：教师的职业幸福指数，与教师是否在城区学校并非正相关关系。那么，教师的职业幸福指数与什么相关呢？我觉得与自己的生命丰盈程度高度相关。

我们先来看看乡村老师的几种类型吧。

一、向往城市的乡村老师大概有两种：有一种，他们一直向往调到城区。于是，他想尽一切办法使自己成长，最后如愿到了城区。他们在这个过程中，找到了教育的幸福感，然后继续努力，一步一步走向了卓越。还有一种，他们也一直向往城区。于是，他们开始赚取各种调往城区的门票，而并非提升自己。到了城区之后，除了离家近一些之外，依然找不到教育之乐，依然天天抱怨忙、苦、累。

二、留在乡村的老师大概也有两种：一种是他们觉得在乡村比起城区要轻松一些，家长要求也要低一些，因此各方面压力都会少一些。他们的想法很简单，就是有一份工作，不要给自己太大的压力。于是，他们大都不会主动调往城区。还有一种是觉得在乡村可以更有作为的老师。他们觉得不管在哪里，都可以做出具有同样价值的事情来的。于是，他们笃定了自己的想法，甚至有些已经调到城区的老师，依然选择调回乡村。这样的老师，会非常注重自己的实践，最终他们走出了自己职业生涯的精彩之路。以上几类老师在我们身边有很多，我就没必要找真人真事来举例了。

我始终认为在哪里并不重要，重要的是在哪里都要让生命保持向上生长的姿态。我希望每一位老师，不管在哪里都是健康的、自信的、向上的。如此，我们的生命才是有活力的。

我们该如何让自己的生命保持向上的姿态呢？

早上，与戴美珍老师短聊了一下当班主任的事情。她说，当班主任和不当班主任都很舒服。只不过两种"舒服"是截然不同的，一种是内心层面（精神层面）的舒服，一种是外在层面的舒服。她说得没错，不当班主任自然轻松很多，这是一种舒服的状态。当了班主任，自然会忙碌起来，与学生之间的故事也就多了。这种故事正是当班主任的幸福源泉。老师会因为自己能做，而且能改变学生而感到自豪。这就是马斯洛需求理论中最高层次的"自我实现需求"，这是一种高级的幸福体验。

这种幸福体验，是所带班级学生给予的。这一过程就是人的被动型行为在解决各种问题的过程中，变成一种主动型行为的过程。不知不觉中，原本不想动、不想努力的状态，被悄然唤醒成了我想改变、我可以改变的状态。

其实，人还是那个人，只不过人的思维方式已经发生了变化。

因此，要让自己的生命保持向上的姿态，唯有主动接受挑战，去解决各种问题。而不是干一行，抱怨一行；带一个班，怨一个班。

我始终相信不管在哪里，不管是乡村老师还是非乡村老师，人，也就是自己，才是最重要的。

与大家同行　周国平

2023 年 6 月 7 日

开学了，老师们如何管理微信群

尊敬的各位老师：

大家好！

马上就要开学了，我在整理文件时，发现了这封两年前写的信。当时只写了一半就停笔了，我想在开学前把这封信写完。

这几年来，微信群已经成为家校沟通的一个必备平台和工具，同时也成为家校关系最容易出现矛盾的地方。

各种各样的家校矛盾，大部分是从微信群里爆发出来的：许多城里的家长对让家长批改作业感到厌烦；许多农村的老师对家长不看微信群感到失望无助；许多城里的家长在微信群里点赞鼓掌太热闹；许多城里的老师要没完没了地给家长回复信息……我曾经在《开学了，别让微信伤害了你我他》这篇文章中提到微信群的问题已经严重影响了家校的关系。

是什么原因让微信群失去原本的沟通功能，而成为家校之间矛盾爆发的第一现场呢？

其实，在之前我已经做过一些论述，只要涉及管理人，就有各种问题和困难。所以，想在此和大家探讨一下到底如何来管理微信群。

第一，建微信群需要契约精神。 现在每一个人都有很多"群"，而且很多人已经见惯了随意发消息的行为，自己也会在群里随意地发一些信息。另外，各种群里都有点赞，都有回复"收到"的习惯。为了避免班级群里信息被覆盖、家长随意发广告等现象，我们要事先做好约定。

比如我在全校家长群里，就做了这样的规定：1. 本群只能由校方来推送各种信息，包含学校通知、周校长讲故事音频等一些必要的信息。2. 家长有任何问题，可先和班主任老师联系，如果得不到解决，再联系校长。3. 家长们如果在群里直接问问题，校方一般不会做出回复。

如此一番约定，近500人的家长群也不会出现什么问题，家长们都已经明确了群规则。偶尔有家长的手机被小孩子拿走乱发表情包，家长也会及时在群里道歉。

第二，经营微信群需要智慧。 微信群里发什么，决定了微信群的品位，也从某一个角度反映出家校的关系。报喜不报忧，这是一个原则。有的老师一碰到学生调皮，或打架，或不写作业，就直接拍照发群。这不仅伤害了学生，也伤害了家长，最后影响了家校关系。这种伤害自尊的事情，千万不要发到微信群里，因为微信群是一个公共空间。

在微信群里，要经常性地发学生优秀的表现，发学生优秀的作品，甚至还要发优秀家长的表现和故事。用优秀的榜样不断地激励大家。另外，还要为家长或者学生提供各种学习的信息和资源，以提升家长的家庭教育能力。

第三，要线上线下共同维护微信群。 管理好微信群，其实就是维护好了家校的关系。因此，除了微信群的管理之外，还要做一些线下的功夫。我们很清楚，人和人关系的建立，更重要的是面对面的交流和沟通，甚至是一起做一些具体的事情来达成的。

每一个班级，都有很多不一样的故事。比如陈婷老师自己就是个"吃货"，于是她带着她班的孩子去吃火锅。既满足了自己的口欲，也达成了师生互动。这虽然是小事，但这是很容易被家长认可的。只要被认可，关系就融洽了。微信群，自然就不会有太大的问题。当然，除了吃火锅之外，还可以做很多你喜欢做的事情。

第四，一定要引导好前20%的家长。 任何一个团队，这一点都很重要。如果老是盯着后面的 20%，最终就是你苦、他苦，大家一起苦。这也就是魏智渊老师经常讲的"底线+榜样"。前面第一条就是底线，这里就要树立榜样。

这种榜样的树立，不只是第二条里所讲的发一发他们的故事，更重要的是我们老师要和这些家长保持好关系，利用好他们的能量。我们说，让一个人成长，就要多给他一些任务。这些家长也是如此，我们要挑选合适的任务，让他们多多参与，感受被"利用"的人生价值。

　　我想，一个班级的微信群，如果做好这四条，应该会成为一个融洽的、团结的、积极向上的微信群。

　　当然，我们带的班级必然会越来越优秀，我们自己也会越来越有经验，越来越有成就感。

　　祝各位越来越优秀！

　　　　　　　　　　　　　　　与大家同行　周国平

　　　　　　　　　　　　　　　2023 年 8 月 24 日

不要小瞧了你的影响力

尊敬的各位老师：

大家好！

在微信里，我偶尔会看到这样的留言："周校长，我经常通过看您的'朋友圈'，来给自己汲取力量！我总觉得自己的时间不够用，自己还不够努力，还可以学习更多。"每一次看到这样的信息，我都特别欣慰。因为我的"朋友圈"，让别人有了一种力量，这是多么有意义的事情呀！

也正是因为这样的留言，我更加重视"朋友圈"的影响力了。

作为校长，我不能浪费自己的影响力。校长所面对的群体相较一线教师更为广泛，有学校的师生，也有学生家长，还有社会各界人士。因此，我们的言行必将受到更广泛的关注。校长首先影响的是学校的老师。校长不努力、不上进，老师们可能就会不认真，不敬业。一所学校的好坏，从某种角度上讲，取决于校长。

作为校长，我非常清楚我有很重要的影响力。因此，我愿意把办公室撤掉，和校委会的全体成员在一起办公；我愿意记录自己每一天的"碎碎念",尽管是一笔流水账;我更愿意通过书信的方式,与大家分享我的观点、我的建议。

那么,学校的其他干部呢?他们的影响力,同样非常重要,更不可小觑。一个团队,只要有一个人偷懒,一个人不干事情,就会影响整个团队。这就是坏的影响力在发生作用。如果一个团队中,每一个成员都很认真,那么每一个人都在对他人产生正向影响。长此以往,就会形成很好的团队氛围。

在我们身边,我们的干部是经得起考验的。我可以很负责地告诉大家,他们真的很辛苦。如果可以给他们选择,他们一定会选择只教书,而不担任学校干部。我是经常看见陆壹、金洁和丹丹等老师有事情去瑞安,或者是去哪里办事,结束后都要回学校的。很多时候,不管是否已经到了下班时间,他们都要来学校。

看着他们这样的工作方式和态度,我也丝毫不敢松懈。他们的付出是常态化的。这就是我们身边一个个踏实肯干的人,用自己的言行影响着我们每一个人。

作为老师,我们的影响力在哪里呢?或许,老师们会这样理解:我一个普通老师,能有什么样的影响力啊?其实不然,从小处看,一个办公室,可能因为某一位的老师存在,而变得整洁有序。往高处看,老师积极向上的行为也会很大程度上影响学校。尤其是一所学校的特色,很多时候是由某一位老师决定的。

暑期师德培训期间,我们所邀请的朱周周老师,就是这样一位老师。因为她的存在,让一所乡村学校成为一所具有合唱特色的学校。我们隔壁的碧山小学，他们的特色乒乓球，并不是因为哪位校长喜欢打乒乓球，而是因为当年王伟希老师的存在，而让这所学校成为乒乓球特色学校。有意思的是，当年的王老师根本不会打乒乓球，却带出了一支屡战屡胜的乒乓球队。校长可以变，但是乒乓球特色不会变。

所以，千万别小瞧了自己的影响力。

祝各位中秋节愉快！

与大家同行　周国平

2023 年 9 月 26 日

成就感：学生成长的强劲动力

尊敬的各位老师：

大家好！

在北京的两个星期，有一件事我觉得特别有意思。我问与我同住的校长，住在北京的这段时间，有没有发现自己对洗衣服这件事变得很积极了？他问为什么？我说，我们晚上不管多迟洗衣服，第二天早上都可以拿来穿，干得快。他哈哈大笑，深有共鸣。

因为干得快，就很有成就感，所以洗衣服这件事也变得有意思起来。这使我想到了学生考试或者写作业。老师如果批改得快，下发得及时，学生们对考试或写作业的积极性是否也会高一些？过去，我自己读书时，每一次考试结束，总会迫不及待地去问老师自己得了几分。有时，老师还没有批改出来，我也很乐意帮助老师一起批改。

这就是及时反馈所带来的成就感。

去北京之前，我们班自由写作的作业，我一般只用半天时间就会全部批改完。而且，我会把写得有趣的、写得好的作品挑出来，利用各种空闲时间，朗读给学生听。

有时，我故意不宣布是谁写的，学生们会相互猜想。这时，我会观察那些作文被读到的同学的神态，尽管我没有读出他们的名字，但依然可以看到他们内心的惊喜。

所以，我批改学生的自由写作是非常及时的。越是这样及时批改，他们就越愿意去写。作文也是如此，于是孩子们越写越长，越写越有进步。

可是，问题来了。

有的老师总是觉得自己的学生写不好，不知道去表扬谁。而且，每次表扬的人总是固定的那么几个，这让我们连表扬的兴趣都没有了。

如果这样想，那就错了！其实，我们认真地去看每一个孩子写的东西，就会发现写得再不好的学生，也会有一两个句子是写得好的，是让我们感到惊喜的。我们不读整篇文章，我们要读的就是这些片段或者句子。这样，既可以让更多的学生被及时反馈到，又可以节省老师自己的朗读时间。

在我们班里，每一次我要读的学生"范文"，都会有十几篇。而这十几个同学中，不一定都是优秀的学生。有时优秀学生写的作文仅是句子优美，但是没有真情表达。就是因为每一次都有十来个同学被我表扬到了，所以学生写作的积极性自然就比以往高了很多。而且，每一次的朗读，既是一次语言的学习，也是一个写作的风向标。

越是这样朗读，写得好的同学，就会越多。

其实，不单单是写作业这件事需要及时反馈，其他任何事情，都是一个道理。

学生做得好的事情，一定要及时反馈给他们，让他们感到有成就感。

比如，一次在食堂吃饭时，郑洁老师说学生这一个星期突然变得乖了很多。我就立即跑到教室里去，告诉全班同学郑老师刚才在食堂里表扬他们了。

经常性的积极反馈，就是经常性的自向引领。不同于责骂与批评，正向的、积极的反馈对孩子们来说既舒服，又达到了提醒的效果。

反之，如果我们反馈不及时，就算我们读到学生写的句子，结果连写这个句子的学生，都不知道是谁写的（因为时间长了，自己也忘掉了）。这样一来，效果就会大打折扣。

同理，如果是表扬他们做得好的事情，可是我们的表扬滞后了，学生都已经完全不知道自己什么事情做得好，那就没有了强化的效果，我们的表扬就没有了一丁点作用。

另外，更糟糕的是，我们老师因为不及时反馈而导致事情拖延，会让自己更加烦恼。没有及时表扬学生，也会导致我们经常性地没能与学生及时沟通，没有了教育的在场感。

各位老师，让学生们获得成就感，是学生学习的最强动力。

与君共勉！

与大家同行　周国平

2023 年 11 月 28 日

第五章

时间管理是教师的必要能力

SHIJIAN GUANLI

SHI JIAOSHI DE

BIYAO NENGLI

从各行各业成功人士的经历来看，他们都会对自己的时间进行优化管理。

　　一线老师平时琐事很多，对于时间的管理就显得更加重要。时间的总量不会因人而异，但每个人对时间的利用效率却不同。一个早起的人，他的时间看起来会比一般人要多。我有一段时间曾记录了自己每一天的时间安排。这样记录了一段时间之后，我越来越不敢乱用时间了。

　　本篇章中，会有一些我自己关于时间管理的心得体会。希望这些文字，能给正在读这本书的你，带来一些参考的价值。

不要小瞧了每天十分钟

尊敬的各位老师：

大家好！

本周要和大家谈谈学生的时间管理。经常有人问我，时间哪里来？

说实话，我不是时间管理的高手，只是一个新手。我经常跟我女儿讲，每天早上起来我要么读书，要么就写东西，等到大家起来时我已经可以做其他事情了。

这么多年来，我写了这么多信和文章，基本上都是晚上和早晨这两个时间段完成的。晚上的时间好理解，我就说说早晨的时间吧。我每天早晨五点半起床，距离七点上班还有一个半小时。在这一个半小时里，没有人打扰，非常适合专注地写作。因此，我特别享受这个时间段的写作。

一般来讲，一篇文章在这一小段时间里是写不完的。往往都是前一天晚上写的东西留在这时补充完整，或者是这个时间段里写不完的，留着晚上继续写。

如果是周末，白天要去办事情，或者是朋友有约，一般情况下都是九点以后才会开始办事或赴约，这样，我早晨的写作时间就可以延迟到八点以后。这种情况下，往往就可以完成一篇完整的文章。而到九点以后，不管是办事还是朋友相约，我都是已经完成了一件事情的状态了。

所以，经常有人感到很奇怪，刚刚不是还和他们在一起吗？怎么一下子就发了一篇文章出来？

就是这样的日积月累，我文档里的文章越来越多。当我有了这样的一种积累之后，不管是写论文还是上交一些文稿，我就比一般人要少花一些时间。所以，每到这个时候，别人都是慌里慌张的，而我就显得比较淡定和从容。

今年五月份出版的《书信的力量》和前年印刷的《新加坡访学记》，我算是有了两本"书"了。这样看起来很难的事情，我都是用这样的时间完成的。

此次，魏老师来学校，我又有了很多收获。他说他总是会先把时间安排起来，到了固定时间就做固定的事情，日积月累就可以完成一件事情了。

像这样把时间固定起来，会让自己变得有秩序感，或者说，可以让我们的生活变得有节奏感，知道什么时候干什么事。

因此，我们学校在设计时间表时也采用这种理念，从而让我们的学生能够通过这样的时间管理，把自己的学习变得更有秩序。比如晨读、乐器早练、午读、午休、周五大阅读时间等这些特殊安排，是很多学校所没有的。

我们就以午休时间为例，虽然只有二十分钟，但是这二十分钟能不能让学生养成习惯，到点就闭目休息，还需要我们老师对自己的时间进行管理，学会该停止时就停止。为什么要设计这二十分钟的午休呢？这是基于我们的条件以及对午休的科学认识而设计的。生活体验告诉我们，午休时间不必太长，否则人反而会不舒服，甚至会影响晚上入睡。在这二十分钟里，我们会播放古琴音乐帮助学生休息。

不要以为学习时间拉得越长，学生学业成绩就好。我们更要关注学生的生命节奏和内在的紧张秩序感。要重视晨读和午读的时间，如果每天利用好这段时间，其日积月累的效果会非常好。一个每天晨读都做得很规范的班级，其学生的成绩肯定差不了。一个连晨读时间都管理不好的班级，学生每天乱哄哄的，这个班级的成绩一定好不了。

老师们，其实对学生的时间管理，也就是对自己的时间管理。现在，可以解释为什么严厉甚至是凶的老师，其学生的成绩不会太差。因为他让学生保持了某种秩序。反之，有的年轻老师水平很高，但是学生成绩不好。因为这些年轻老师只关注了自己，没有关注学生的生命秩序感。

当然，我们希望自己成为不凶、但又有能力让学生变得有节奏和有秩序的老师。我曾经为大家分享过课堂管理程序设计的小讲座，有需要的老师还可以拿来继续温习。然后牢牢记住设计程序、讲解示范、实际操练、反馈评价这几个环节，用心去做就能达到我们想要的效果。

老师们，不要小瞧了每天十分钟。

祝愿各位开心工作，快乐生活！

与大家同行　周国平

2021 年 5 月 24 日

我们真的只剩下边角料的时间了吗？

——暑假给老师们的一封信

尊敬的各位老师：

大家好！

柳园照校长在讲课中说："我把旅途当作自己的书房。"

这句话不禁使我产生了共鸣，我也特别喜欢在旅途中看书和码字。因为在这段时间里，我反而可以全神贯注地与自己相处，不用去理其他的琐事。

柳校长在示范自己怎么样用女人逛街的时间，写出一首首动人的诗歌时说："老师们要善于利用边角料的时间。"听完他的演说，我觉得平时我们抱怨时间不够用，其实并不是有没有时间的问题，而是我们有没有利用时间的问题。就像鲁迅说的："时间就像海绵里的水，只要你愿意挤，总还是有的。"

此刻，我又在想：作为老师的我们，真的只剩下边角料的时间了吗？我觉得对于大部分老师来说，还不至于忙成只剩下边角料的时间。准确地说，大部分老师是有整段时间的，可是他们没有用好这些时间。

　　经常有老师说自己很忙碌，根本没有时间读书和写作。那么，老师们的时间去哪儿了呢？其实，老师们只要记录一下自己一周的时间，就会很容易发现自己能够支配的时间其实是很多的。

　　以我个人的经验来讲，微信是偷走时间的第一大盗。就在此刻，我想翻开微信找点东西，可是一打开，就有一个朋友发来的一个问题，结果就跟他互动了一下。这么一互动，刚才的事情就给忘了。想必有很多人，一刷手机就是半个小时起步。我觉得最糟糕的是，自从有了智能手机，很多人都不打电话了。本来一个问题，在电话中几句话就可以讲清楚的。可是在微信上一来二去，浪费了好多的时间。

　　手机上购物，是许多年轻朋友喜欢的一种方式。过去，大家购物都喜欢去逛街，这样一来也还有一个好处，那就是一边逛街，一边也可以锻炼身体。现在呢？购物是在手机上完成的，一张张图片对比、筛选，还要发给朋友看看是不是好，然后才下单。锻炼呢？一天都坐着不动，实在该要动动了，才会出去走路。原本就是一件事，现在却成了两件事情，时间成本提高了。

　　现在抖音特别流行，我曾经看过一两次，发现的确蛮有趣。每一个视频都很短，都很搞笑，有的还有点哲理性。看完了这一个，下一个马上就跳出来。我们本来准备就看一下，可是却一发不可收拾，甚至一个小时就这样过去了。看了一两次，我就不敢再看了。可是，确实有不少人会在这里消耗大量的时间。

　　我们不难发现，我们的时间大部分都被手机偷走了。有这样一个数据：每人平均每天点击手机 2617 次，手机屏幕亮着的时间，累计是 145 分钟。我估计现在这个数据一定还会更高。有一个很奇怪的现象，那就是越是在手机上忙碌的人，越是会觉得自己很忙。而那些真的忙碌的人，却觉得这是他们的常态，他们真的是利用起了一些边角料的时间，把自己培养成了一个优秀的人。

现在，我们不得不承认，一个会利用边角料时间的人，他们是不缺时间的。一个时间富裕的人，他往往是最缺时间的。

对于大部分人来说，我们还是有时间的，还不至于到了只剩下边角料的时间。

祝各位假期愉快，成为时间的主人！

与大家同行　周国平

2021 年 7 月 16 日

要事优先

尊敬的各位老师：

大家好！

去年在各种场合，张文质老师反复强调"要事优先"的概念。今年我参加德鲁克管理培训，其中有一个训练也是"要事优先"。其实，对于优秀的人来说，"要事优先"是他们做事情的基本模型。正因为如此，他们才比我们优秀。

可是，在日常工作和生活中，我们很多人在忙碌琐碎的事情中，忘却了这个重要的原则。所以，经常看到很多人天天忙碌，却无所收获。在班级的管理中也经常是"跟着感觉走"，不仅没有管理好班级，还让自己陷入泥潭。

这不得不说是一种遗憾。

那么，什么是要事优先呢？就是把最重要的事情作为紧急任务，集中精力去完成。这是可以做成一件事的重要法宝。

在实际生活和工作中，人们往往会被各种琐事所打扰，常无法按照自己的做事原则去实施计划。

比如，此刻我想休息或者读书，但是有人来拜访，就不得不停止或者中断当下的事情来应付它。有些时候，本来已经规划好自己一天的工作，可是突然来了一件事情，不得不改变原计划时会特别难受，甚至会影响自己一天的情绪。

有些人把手机当成了"要事"，使用手机成为其一天花费时间最长的事情。其本人却认为这是工作需要，如果不及时看手机，就无法顺利完成单位的任务。

因此，学会并践行"要事优先"原则，并非那么简单。我们该如何学习并践行"要事优先"原则呢？

首先，要学会排序。

这个问题多次和大家交流过，最为大家所认可的排序为：健康、工作、学习、娱乐。对于成年人来说，是可以理解的。我们总是应该首先考虑健康，然后再去工作。而对于后两个来说，明智的人应该先选择学习，然后才是放松娱乐。

学生的学习安排也要遵循要事优先原则，比如晨诵课，有的班级一会儿朗读，一会儿让学生写作业，对于孩子来说，他的思绪是紊乱的，晨诵课时间变成了一段紊乱的时间，晨诵没做好，作业也没有做好，两边都没有收获。

什么时间干什么，规定好了就不要去碰它，不要随意去改变它。除非与生命健康相冲突了。这就是排序，这就是要事优先。

其次，还要集中注意力去完成当下这件事。

比如周五大阅读时间，各个班级都在读书。按理说，这个时间段的任务就应该是阅读，而非其他。可是，有的老师会突然想起作业本还没有上交，立刻让学习委员去收作业本。或者，老师突然想起了学校里交代的一个任务，赶紧给学生布置一下以免再次忘记了。

殊不知，这种临时性的任务或者讲话，会严重破坏学生进入当下阅读的状态。

有的班级学生原本就很难专注了，老师如果再不注意，学生根本就不可能有专注的时候。或者说，学生为什么不能专注，可能与老师的做事风格有一定关系。因为你总是去破坏他们正在做的事情。

最近，我特别关注了时间管理，我发现优秀学生基本都是时间的优秀管理者。我还发现优秀学生本能性地拥有"要事优先"的能力。

那些优秀的学生，一下课就会立即写课堂作业本。而其他学生，则会出去"跑楼道"。有意思的是两者都乐此不疲。这两种思维模式造就了两大类学生。优秀学生认为学习是要事，而其他学生认为"跑楼道"是他们的要事。

分析一下优秀学生的行为就会发现，他们的行为完全符合艾宾浩斯记忆规律。因此，他们在学习上表现得更为优秀。

好了，这个主题就谈到这儿吧。总结一下，要事优先就是要把自己的任务进行排序，知道什么时间做什么，然后排除一切干扰，专注当下这件事。

祝各位工作顺利，要事优先！

与大家同行　周国平

2022 年 5 月 16 日

为什么越忙碌的人越有时间

——关于时间管理再给老师们一封信

尊敬的各位老师：

大家好！

平时总是听很多老师说自己有多忙，在家里要洗衣服，要带孩子，哪来的时间读书。作为管理者，听到老师们的这般诉苦，总觉得再给老师们加点压，会于心不忍。但是，实际上我们真的很忙碌吗？

这几天，我越来越能体会到越忙的人越有时间，而且可以将自己的工作与生活安排得游刃有余。

这又是为什么呢？

经过思考后，我好像有一些觉察和体悟，所以写下来，希望给自己一点提醒，也能给老师们一点启发。

早上起来，我在等儿子起床。这里足足有半个小时，我在等他醒来的同时，就在阅读魏老师的《高手父母》。等他醒来，我在指挥他自己穿衣服、刷牙时，又能读掉一小部分。生活中这样的时间于你而言多吗？其实，每一个人都会有很多类似的时间。只是，你浪费了。

既然你都那么忙碌了，为什么还要浪费这些时间呢？答案是这不是你能控制的，是你的本能所致。归根结底，是因为你没有内在的秩序感、对时间的紧迫感，以及对事情的紧张感。

魏老师曾在讲座中给我们出了一道选择题：一件事情交到你手上，给你一天时间、三天时间和一个星期，哪一个时间会让你产生高效率？那自然是一天。一天、三天和一个星期，从本质上看完成这件事情都是在最后一天。也就是说时间越短，紧张感越强，效率就越高。当然，这是建立在我们能够完成这件事情的前提下的。

我发现一个很有意思的现象：身边很多同事，因工作需要，除了教学之外又兼任了其他岗位，他们不仅能胜任，还比原来更优秀，更勤奋，更加认同自己的职业。不仅老师是这样的，学生也是这样。优秀的学生一般情况下各方面都优秀，每个老师都把事情交给他们做。结果这类学生在校园里脚步匆忙，始终穿梭在教室和老师办公室。最后，这些学生不仅不会因为忙碌而成绩下降，反而变得更加优秀了。

这又是为什么呢？

我的理解是，通过繁杂的任务让一个人有了秩序感和紧张感，从而锻炼了他的意志力，提升了他的自律能力。久而久之，这种对待时间的紧张感，就成了他的习惯。这种好习惯，又会提升他完成事情的质量，从而提升他的成就感。如此循环，人就会越来越优秀。忙碌，就会成为他的人生状态。紧张感，会让他摆脱拖延症，一件事情在他手上很快就解决了。因此，从某种角度看，他的时间得到了解放，人生也获得了自由。

每一个人都是可以通过训练成为优秀的人。而训练一个人成为优秀者，最好的方式就是给他任务，而且要不断地给他任务，让他习得紧张感和秩序感，最终成为时间的主人，获得内在的自由。

如此，我们就不难理解为什么优秀的老师，有那么多事情要做，仍然精神饱满地工作着。因为他们已经有了忙碌的习惯，始终保持紧张感。而一些业务能力较弱的老师，哪怕加一点点任务，就会叫苦连天。因为他们是时间的奴隶，事事拖延，懒于动手，增加任务会使他们焦虑，从而导致抱怨。越抱怨，就越不想做。而事情始终在那里，到了临界点只好匆匆了事。其结果很可能是任务没完成好，需要返工。而这时，又有新的任务正在到来。如此这般，很难不让人感到身心俱疲。

行文至此，我不知道你是否真正找到了越忙碌的人越有时间的原因。希望本文能对大家有所启发。

祝各位都能管理好自己的时间！

与大家同行　周国平

2022 年 6 月 24 日

暑期可以怎样过?

——本学期最后一周给老师们的一封信

尊敬的各位老师:

大家好!

这个学期对于我来说,就一个字:"快"。还记得上班的第一天,我们迎来了教育局督导科的两位领导。他们特地来我们学校给我们布置新学期的重要任务——创建省现代化学校。

从接到这个任务,到 6 月 17 日我们送评审专家回台州,这项任务刚刚好贯穿了整个学期。我们是全省参评学校中规模最小的一所学校。不知道结果会怎么样,但是我们已经尽力了。这个学期,因为疫情的关系,很多活动都没有组织,但是我们依然如此忙碌。

忙碌是正常的,最怕的是忙碌之后的空虚,不知道自己在忙什么。不管是对于一个单位,还是对于一个老师而言,这种空虚都很可怕。

可怕归可怕,不管怎样,这个学期已经结束了。接下来,就是长达两个月的假期。面对这么长的假期,我们应该做点什么,这才是值得自己考虑的事情。

暑假是学生与学生拉开距离的关键期，优秀的学生在假期会变得更加优秀。这是因为哪怕是暑假，优秀的学生仍然在通过各种方式使自己进步。作为校长，我有责任提醒大家利用暑假给自己做一个规划，让假期因为自己的规划而变得丰富和有意义。

一、让读书成为必需

平时大家都说自己很忙没有时间读书，现在有大把大把的时间可以读书了。那些原本没有来得及读的书，现在可以拿出来读了。十几年前的一个暑假，我发现《小学语文教师》《中小学管理》《江苏教育》等杂志平时在学校里好像没有时间读，但是办公室又征订了，觉得不读挺可惜的。于是，我收集了这些杂志带回家，利用午睡前的时间随手翻翻。从中我获得了很多教育理念和教育信息。

当然，大家还要读整本书。教书人不读书，是说不过去的。

二、让亲子成为教育

我们自己每天都要早早上班，很少有机会接送孩子上下学。在假期，我们可以和孩子长时间在一起了。如何让自己与孩子在一起的时间更加有意义，很值得我们好好思考一番。

说实话，当校长以来，我在陪伴孩子方面做得不够。尽管是暑假，我也多半会在学校里。因此，我也想在这个暑假里与孩子一起做一个规划，一起学习。

每个假期如果都能够成为大家亲子教育的时间，那该是多么美妙的事情啊。还没有孩子或孩子已经长大的老师，也可以去尝试做一些亲子公益活动。

三、让电影成为娱乐

电影，确实是个好东西。一部电影，一两个小时就能把一本书呈现在我们面前。而电影艺术，本身又是一种娱乐方式，相比文字而言更加具有吸引力。因此，除了看书之外，电影是一个非常不错的阅读选择。

一部好电影，可以让我们从中受益许多。比如《功夫梦》《卡特教练》等电影，我们看完之后会对教育多一些思考。对于孩子来说，这些电影也是一次榜样教育。

四、让运动成为日常

夏天，还应该成为运动的季节。游泳、跑步、徒步都是很不错的选择。暑假，是很容易让人彻底放松下来的时间。运动可以让我们提起精神，可以给予我们力量。同事之间，也可以通过运动来相聚。比如可以成立一个徒步小分队，坚持每天晚上走几公里。这不仅可以增加同事之间的交流，还可以促使自己坚持锻炼。当然，我们还可以组织其他运动小分队。

老师们，暑假马上就来了，给自己做一个规划吧！

一样的暑假，不一样的假期生活。期待暑期师德培训时，大家能够分享自己的假期生活故事。

提前祝大家假期快乐！

与大家同行　周国平

2022 年 6 月 28 日

附件：周校长的电影清单推荐

1.《百万美元宝贝》 2.《卡特教练》　　 3.《风雨哈佛路》

4.《叫我第一名》　 5.《当幸福来敲门》 6.《肖申克的救赎》

7.《阿甘正传》　　 8.《美丽人生》　　 9.《楚门的世界》

10.《怦然心动》　 11.《少年派的奇幻漂流》12.《摔跤吧！爸爸》

13.《十二怒汉》　 14.《飞屋环游记》　 15.《飞越疯人院》

16.《狮子王》　　 17.《魔戒》　　　　 18.《黑客帝国》

19.《小鞋子》　　 20.《拯救大兵瑞恩》 21.《心灵捕手》

22.《大鱼》　　　 23.《侧耳倾听》　　 24.《幸福终点站》

25.《七武士》　　 26.《黑天鹅》　　　 27.《爆裂鼓手》

28.《功夫》　　　 29.《罗生门》　　　 30.《地球上的星星》

31.《撞车》　　　 32.《遗愿清单》　　 33.《国王的演讲》

34.《至暗时刻》　 35.《黄昏清兵卫》　 36.《光辉岁月》

37.《曼联重生》　 38.《弱点》　　　　 39.《杀死一只知更鸟》

40.《光荣之路》　 41.《自由作家》　　 42.《生命因你而动听》

43.《勇往直前》　　44.《紫色》　　　　45.《我们的世界》

46.《力争上游》　　47.《点球成金》　　48.《成事在人》

49.《功夫熊猫》　　50.《为奴十二年》　51.《面对巨人》

52.《鸟人》　　　　53.《实习生》　　　54.《初吻》

55.《自闭历程》　　56.《模仿游戏》　　57.《十月的天空》

58.《伴你高飞》　　59.《地球最后的夜晚》　60.《屋顶上的童年时光》

很多人把清单当成了备忘录

尊敬的各位老师：

大家好！

昨天与金副校长在办公室谈论了一个话题——事情琐碎繁杂，怎样静心读书？她说，事情一多心就会乱。大概意思是事情多了之后，手里做着一件事，心里还会惦记着另一件事。结果，两件事都不能很好地去完成。

这种感觉想必很多人都会有。那么，怎么解决这样的困扰呢？我想给大家谈谈我的经验。

我有一个习惯，就是即使手上的事情很多，也从来不熬夜。不论写论文还是做课件，只要接近十一点我就会去睡觉。有老师问我，你怎么睡得着呢？我说，那时我真的很累了，需要休息。最为重要的是，我知道第二天起来，我还有很多时间可以继续完成这些任务。

我越来越发现，早上起来的那段时间工作效率更高。如果事情很多、难度很高，我会选择四点多就起来；如果不是那么复杂，我会选择五六点起来。这样，从起床到上班还有三四个小时，怎么也比晚上加班的时间要有效。

我知道第二天会有时间，而且这个时间一定是属于我自己的，所以我不会慌张，我知道自己可以完成。我现在越来越体会到了这种自由感和掌控感。

那么，这种感觉是怎么建立起来的呢？首先要在脑中预先搭建处理这件事情的框架。框架有了，我只要填充一些内容就可以了。比如做课件，我会先确定大标题，当大标题定下来后，里面的内容也就基本确定了。写文章也是如此。

从某种意义上说，这就是清单。有了这份清单，就像吃了定心丸一样，可以从容不迫。有人会说，我就是不知道这些清单内容是怎么来的，这才是关键。不是所有人都能把清单列好，一般情况下，这种能力需要经过一系列训练才能具备。

比如写文章，我经常会在不经意间灵感突现，这时我会在手机微信文件助手里把它写下来。可以是几个字，也可以是几句话。有时候，手机助手里的几个关键词，就能供我写一篇文章了。只不过需要用一点时间，去把它扩充成一篇文章。

不仅写文章和做课件需要清单意识，其实很多琐碎的工作都需要清单来帮助。越来越多的人都在使用清单，他们或者用一张便利条，或者用手机备忘录，通过各种清单的形式把一天所要做的事情安排好。这是非常好的习惯。它能够帮助我们避免遗忘，帮助我们提高效率。

不过，从大多数人的清单来看，都将清单定位为防止遗忘的工具，而不是提高效率的工具。所以，大家的清单只是把一些该做的任务填上去，避免遗忘而已。如此，做事情的效率是无法提升的。

我一般会把每天的任务填写完之后，再增加一两个额外的自己想要完成的任务，有时还会增加一些可能当天完成不了的事情。总之，要把一天安排得丰满一点。越是丰满，越是有一种紧张感。而当自己完成了所有的清单后，会有一种收获感。因为除了各种迎接检查的任务，我还完成了自己想要完成的事情，感觉这一天没有白过。用魏智渊老师的话，这种方式就叫作"多背一公斤"。

其实，这就是一种刻意训练。当你一天能够完成那么多事情时，你的掌控感就会产生，你就更有自信了。面对琐碎繁杂的事，也就有了游刃有余的驾驭能力。

只是把清单当成备忘录，是不会让人有紧张感的。因为喜欢拖延的人太多了。只有把清单当成训练工具，才会愿意把清单填满的。我曾写过《越忙碌的人越有时间》这篇文章，学生如此，老师亦是如此。

祝各位工作愉快！

与大家同行　周国平

2022 年 12 月 13 日

过了年三十，时间似乎变得快了

—— 开学前给老师们的一封信

各位老师：

大家新年好！

大家是不是有这样一种感觉：过了大年三十，时间就变得特别快。初一一过，初二就来；初二一过，初三马上到；刚想数一数日子，已经正月初十了。距离开学的日子，已近在咫尺。除了我们教师，其他单位都开工了，虽然心里会有一些优越感，但是开学前的恐惧感一点都不减。到处喊"开工了！"的"朋友圈"里藏着自己未喊出来的三个字："我好怕。"

没错，真的要开工了！

疫情期间，寒假只是休息，不能出行，好像失去了很多记忆。而这次，寒假不只是休息，还可以到处跑。全国各地大小景点统统爆满，看不见风景，只看见移动的人群。排队时人挨着人，前胸贴后背，人们都生怕自己掉队。这样的感觉虽然不像旅游，但是感觉很好。大家聚集在一起虽然空气不怎么清新，但是似乎是在屋子里闷了很久终于松了一口气的感觉。

这时，我们突然感觉到，有一个寒假真好！

可是，习惯于这样的寒假，吃吃喝喝，走走玩玩，睡睡懒觉，你是否会对放假前起早摸黑的日子产生担忧呢？甚至，还有人担心开学了，早上起不来怎么办？这个问题可能有点严重，只能自己回答。

似乎已有一周时间我都没有去更新公众号，也没有发"朋友圈"，书读得也不多。不是因为这几天很忙，而是人进入另一种节奏之后，就很难再重新调回到原有的轨道。再加上前一段时间每天发文章，已经彻底清空了我的库存。每到这时，我都在提醒自己需要输入和实践了。是的，只有输入和实践，才是活水之源。

做值得写的事情，写值得做的事情。在校园里思考或行动，都是特别有意义的事情。一年一度的论文评比又开始了，有一部分老师面对电脑，敲不下任何一个字。那不是不会写，而是实在没有东西写。因为对于我们而言，论文是做出来的而不是写出来的。没有做，自然就写不出来。

有人会说，我天天都在教书，天天都在做，怎么说没有做呢？我们这里所说的"做"，是带有思考的"做"，而不是当一天和尚撞一天钟的做。

从这个角度来讲，我是盼望开学的。因为校园里有学生、有同事、有活动，还有故事。

一个超长的寒假，从刚开始大家对疫情的恐惧，转而对开学的恐惧，不得不说时间的能量之大。一切都在时间里消逝，一切都在时间里转变。一个寒假过去了，我们都做了哪些事情呢？有让自己值得骄傲的事情吗？每天早上起床，是不是都很想问问自己，时间都去哪了？我也试着问问自己，我的回答还是让自己满意的。一个寒假 16 本书、17 部电影、30 多篇文章。走亲访友，带娃陪学样样都没有落下。看着这些数字，恐惧感似乎又减轻了一些。

可是，想想过个年，自己又长了一岁。开学恐惧感还没有消失，似乎又多了一种新的恐惧。几个朋友聚在一起，居然开口闭口都在谈退休了。这样的谈话之前从来都没有过的，看看各自的子女，还有什么可以怀疑的呢？没有什么能阻挡时间的流逝，唯有珍惜当下的每一刻。回到学校，努力开心工作，创造时间的意义。用行动去克服恐惧，用期待去迎接新学期的到来。

开工了！

祝各位新年心想事成！

与大家同行　周国平

2023 年 1 月 31 日

如何早起是个问题

尊敬的各位老师：

大家好！

现在已经是正式开学第二天，大家都已经进入了正常的工作状态，迅速摆脱了寒假综合征。可见，让一个人有事情做，这真是一张好方子。

前几天，写作群里的一位朋友说自己在锻炼早起的习惯。我估计早起对于很多人来说是一个大问题。解决这个问题的一个重要途径，就是要有事情做。现在有一些年轻人，没有到午后是不会起床的，在他们的饮食中已经没有早餐这个词了。

为什么会这样呢？因为他们起床之后没有事情做。一是他们自己认为没有事情做，所以就不起床；二是家里人也会觉得反正起来也没有事情做，那就让孩子多睡一会儿吧。如此一来，午后起床就成了一种习惯。

作为老师，我们的工作性质决定了我们必须早起。就像医院里的医生要值夜班一样，那是你工作的一项内容，不需要任何解释。因此，我们必须要形成早起的习惯。但是，总有一些人对早起很是抗拒。那么，我们该如何看待"早起"，如何养成"早起"的习惯呢？

在中国传统文化里，早起是勤奋的一种体现，是优良家风的一项重要内容。"早起的鸟儿有虫吃"是长辈们教导儿孙的口头禅；"黎明即起，洒扫庭除"是代代相传的好家风。现在市面上有很多关于"早起"的书。看来，如何"早起"这个问题已逐渐引起重视。

我想分享几个能让自己早起的小点子，供大家参考。

一是思想上要认识到早起的意义。 关于意义，除了前面已经谈到的之外，从脑科学的角度来分析，早起的人在清早思维更加敏捷，晚起的人傍晚思维更加敏捷。而大部分人的傍晚时间会有很多琐事要处理，早晨的时间段更不容易让人打扰。因此，从时间的有效度来说，早起更具有意义。

二是在行动上要从早起入手而不是早睡。 很多人都有一个认识误区，以为要早起就得早睡。可实际上，早睡与早起一样也是很难的。脑科学研究，人在清醒 10 小时之后，早起的人比晚睡的人更容易感到疲乏和劳累。因此，想要早起就必须从早睡入手。因为只有当天早起，才会使当天晚上更容易疲乏并产生困意，让人更容易尽早入睡。

三是可以借助工具帮助我们早起。 对于很多人来说，早起的工具是闹钟。有的人甚至会定七八个闹钟。对于还没有养成早起习惯的人来说，闹钟的确是一个很好的工具。我甚至觉得可以通过某种程序设计，让一些激动人心的音乐定时开启来叫醒我们，也是非常不错的选择。

除了叫醒的工具之外，我觉得对于南方人来说，很重要的是室内的温度。冬天起不来，主要是因为被窝里太暖和了，不想起床。那么，我们可以通过定时插头连接取暖器，在我们规定早起的时间之前开启，将房间预热。室内温度一高，人就更容易起床了。

四是要让早起有事做。 我们会发现有晨练习惯的人，他们总是能够早早地起床。因为他们起床有事情做。对于我们教师而言，除了锻炼身体之外，还应该养成终身学习的习惯。因此，我们可以为自己安排锻炼或者读书、写作的任务。这样一来，我们就更容易早起了。

以上就是我个人对早起的一点认识，希望能够在开学之际给到大家一些帮助。

祝愿每一个人都能够养成早起的习惯！

与大家同行　周国平

2023 年 2 月 7 日

给不迟到几个理由

尊敬的各位老师:

大家好!

上周和大家谈的是如何早起的话题,本周想和大家讨论一下如何不迟到。

迟到这个问题,在现实中太普遍了。上班、开会、赶车、坐飞机等都会有人因为迟到而给自己带来不少麻烦。作为教师,我们要求学生要有时间观念,那么我们自己对时间就更应该要有原则。所谓言传身教,学高为师,身正为范。

教书二十多年,不管是作为一线教师,还是作为管理者,我都把迟到当作一件很严重的事情。尽管迟到一下,也没有太大问题。但是,自己心里会非常不舒服。就像每天上班一样,二十多年来从没有八点以后到校的。即使现在一大早带着儿子从温州过来也一样,如果哪天超过了七点半,心里总觉得哪里不对劲。

对于我而言不迟到的第一个理由,就是早到校已经成为一种心理的满足。这已经成为我的一种习惯。开会、等车、坐飞机,我都会提早到达指定地点。

因为早到，所以不会匆忙。于是，我可以欣赏路上的风景，可以与司机聊天，可以发现一些有趣的东西。我发表在中国教育报上的《名师亮相台，不亮也罢》一文，就是因为一场活动，提早到了半个小时，在某学校校园里闲逛逛出来的。试想一下，如果匆匆忙忙地赶来，哪里还有什么心思观察呢？

又如出差坐动车，早早地进站之后，可以稳稳地坐在候车厅里，或看书，或写东西，一直到喇叭喊你上车。而如果匆匆忙忙的话，即便早到了十几分钟，但是心还是怦怦跳，如何能有心思看书呢？

因此，我不迟到的第二个理由，便是让自己更加珍惜当下，关注眼前，享受时间里的自由感。

早到，会有一种主人翁感。早到的人，会对场地更加熟悉，很容易成为别人的向导。让他人误以为自己是这里的主人。这种主人翁感，很容易与人拉近距离、建立关系。我们发现酒席上，那些早到的人，往往会成为这一桌的"主人"，他们会更加主动给他人分筷子、招呼他人用餐等。

如果是培训学习，早到可以帮助授课老师整理上课物品，分发教学资料。如果主动一点的人，还可以与老师有一个简单的交流，以便获得更多的信息和老师的信任。另外，从学习的角度来看，早到的人更容易用心学习，更不容易逃课。

经常迟到人，会有一种与当时的场面格格不入的感觉。如果是会议，迟到的人匆匆忙忙找位置，感觉有点尴尬。如果是宴席，一桌人都到，唯独你迟到了，那更是尴尬了。

因此，对我而言，早到意味着对现场更有一份掌控感。

最后，无论作为学校管理者，还是一线教师，不迟到都是自己的一种底气。当我要求他人、要求学生早到时，首先我自己就已经做到了，这就是一种底气。

从小时候读书起，我就是一个早到的人。至今为止，这种习惯一直在延续。之前我没有想过不迟到的理由，但是仔细分析起来，不迟到却有这么多好处。但是归根结底，不迟到，好处再多也没有用，更重要的是你真的不想迟到。

只有不想迟到的人，才会不迟到。

祝各位心情愉悦！

与大家同行　周国平

2023 年 2 月 13 日

提早十五分钟，看见不一样的世界

——开学前给老师的又一封信

尊敬的各位老师：

大家好！

昨天，我参加了温州市南浦实验中学的班主任暑期读书学习会。其中一位年轻的女老师，提到自己读了《高手教师》后，从原来的每天早上七点半到校，变成七点十五分就到校了。仅仅是早到了十五分钟，一段时间后，她发现学生的学习状态发生了很大的变化。

在这期间，她没有做很多费力的事情。只不过是拿了一本书待在教室看，偶尔提醒一下学生而已。一段时间后，尽管她早上没有在教室里，学生也已经习惯了在领读员的带领下进行晨读。

听完她的分享，我突然想到了一句话：提早十五分钟，看见的世界是不一样的。市面上，有很多关于早起的书籍。看来，早起这件事对于很多人来说都是很难做到的。即将开学了，对于年轻的老师们而言，最恐怖的事情可能就是早起了。

早起，怎么就这么难呢？

　　就在昨天，我让我的侄女跟我一起去参加一个活动。她是一名刚入职的老师，我告知她活动地点和时间，让她自己开车过来参加活动。我出发二十分钟后，给她发了信息，问她起来了没有？她回信说已经起来了。

　　我又发信息告诉她要提早十五分钟到。她似乎很惊讶，发来一条信息："提早十五分钟？"我没有给她回信息，因为我知道她肯定会迟到。

　　结果，我到达学校是八点十分，距离讲座开始还有二十分钟。我从停车场上来，刚好碰到魏老师和该校的朱乾沈副校长在参观校史馆。于是，很自然地打了招呼，并且一同参观了校史馆，还顺带认识了朱副校长。

　　而我的侄女呢？我们的活动开始了十几分钟后，才从旁门进来选择了最后一排坐下。同样是来学习，早到十五分钟，可能就可以和我一起认识一下魏老师，顺便听听朱副校长的介绍，了解一下这个学校。但是，迟到十五分钟，不仅少了前面提到的可能，还错过了活动前面部分的环节。

　　所以，提早十五分钟到，看见的世界是不一样的。

　　我住在乡下，每天儿子都会跟我同时起床。昨天，他一到楼下，就跟我说了一句话："爸爸，我发现早起，真的可以比别人玩更长一点的时间。"因为他到楼下时，村子里的小朋友都还没有起床，他在空荡荡的路上玩了很久，才看到其他小朋友出来玩。

　　这是孩子最直接的感受，因为早起，就可以拥有更长的时间。

因为堵车，所以迟到的事情是经常发生的。其实，如果提早十五分钟，你可能会遇到两种情况：一是路上车子较少，你可以一路畅通，心情双倍舒畅；二是可能会遇到堵车，但是因为提早了十五分钟，仍然可以按时到达。当然，也有可能出现第三种情况，那就是堵车太严重，仍然无法准时到达。但是，这种概率会非常小。

我经常去教育局开会，这种体验就特别深刻。提早十五分钟，你就会有停车的地方，而且到了会场还有比较合适自己的座位。但是，掐准时间点，就很可能会因为车子停不下而延误了签到时间，或者因随便停车而遭遇罚单。

老师们是否产生了共鸣？提早十五分钟，你看见的世界是不一样的。提早十五分钟的习惯，非常值得你拥有。

祝各位早睡早起！

与大家同行　周国平

2023 年 8 月 25 日

致新教师：别浪费了前面五年

——给新教师的一封信

尊敬的各位老师：

大家好！

新学期即将开始，又一批新教师即将踏上工作岗位。我突然想起，前几天魏老师在温州讲座中讲到一句话：前面的五年是为了活下来，后面全是舒适区。对此，我特别有共鸣。

回想起我刚踏上工作岗位的那些年，不管是老教师，还是进修学校的老师，都会经常跟我们这些新教师说这样一句话：一定要抓住前面五年的学习机会，前面的五年如果不成长，就很难再有这样快速成长的机会了。

当时，我并不懂这是为什么。如今，从教这么多年，终于对这句话有了较为深刻的理解。

为什么头五年特别重要呢？

一是刚参加工作，就像刚升起的太阳，各方面的能量都处于最佳的状态。没有家庭的负担，没有财务的压力，完全可以将更多的时间花在工作和学习上。二是前面的五年，对于新老师而言，一切都是新的，一切都得去学习。学习班级管理，学习如何上课，一切都学得战战兢兢。因此，刚入职的教师，尤其是班主任，会特别忙、特别累。但是尽管这样，你还得要坚持去学习。因为如果不学习，你很有可能就生存不下来。

不管是被动生存的需要，还是主动成长的需要，这个时候都要面临问题、解决问题。因此，前面的五年就成了教师成长的最佳时期。

学生纪律搞不定，家长工作不会做，学校事务不熟悉，这一切都是新教师必须面临的事情。面对它们，解决它们，这便是一个教师成长的路径。这是新教师不得不面对的问题，他们会在这个过程中，逐渐成长为"老教师"。

但是，我们也会发现，一些老师经历了这五年之后，就开始停滞不前了。甚至，还没有到五年，有的老师就开始停止进步了。因为他们觉得仅仅靠这些经验，就可以让自己在教育行业里混下去了。因为可以混，所以五年之后，一些老师就开始进入了舒适区。待在舒适区越久，就越害怕从这里走出来。

于是，成长从此与他无缘。

那么，他们所说的前面五年很重要，就是希望一个教师从一开始，就保持热爱学习的状态，就开始养成面对问题并解决问题的习惯。越是热爱学习，越是有解决问题能力的习惯的教师，在长年累月的教育教学工作中，就一定会产生更好的收益。这种收益，可能是教师个人的成长，更可能是学生的健康发展。这种收益，又会给教师带来满满的成就感，成就感可以进一步产生动力，从而使教师们进入不断成长的良性循环。

入职前五年，真的很重要。一个年轻教师，如果能够在这期间养成成长的优秀习惯，这将使他们终身受益。比如我前天发的文章《提早十五分钟，看见不一样的世界》一样，一个人一开始工作，就养成了早到的习惯，会让他终身都有这样的习惯。反之，一个人一开始就总是迟到，这个人可能一辈子都会迟到。

前面五年成长快，是因为为了活下来。那么五年后呢？不要让自己一眼就可以看到退休的样子，那样的人生有什么意思？年轻教师要趁着为了活下来的这个力量，让自己在五年内养成好习惯。因为不管是主动还是被动，这期间都必须得面对问题并解决问题。我们不妨以积极的心态面对问题，变被动为主动，为我们的整个职业生涯打下良好基础。

别浪费了这五年的努力。

祝大家工作愉快！

与大家同行　周国平

2023 年 8 月 27 日

都只是时间的结果

——学期结束前给老师们的一封信

尊敬的各位老师：

大家好！

今天，我凌晨四点醒来，就一直睡不着。我回想起二十年前，自己刚刚踏上讲台不久，在一个村小里教二年级的情景。

刚参加工作前两年，一直教五六年级。一开始教书，就被校长表扬了。尤其是当时的常识学科，也就是现在的科学，平均分比原来提升了近二十分。后来，换了一所村小，教二年级的语文。我一向阳光、乐观，被众同事称为阳光男孩。每天上下班都快快乐乐的，直到期末考试改卷那天，我才突然感到内心的惶恐。

我还记得试卷集中在中心校批改，陈宝绿老师负责批改二年级的试卷。改完试卷，我看到了学生的试卷，立即满脸通红，红到了两只耳朵，而且红得发烫。陈老师对我说："你刚刚教低段不知道基础知识的重要性，所以试卷的前面部分学生都没有做。"她还安慰我说："没事的，下个学期把基础知识抓牢一些，就没有问题了。"

从此以后，我才知道语文的基础知识是很重要的。后来，调到中心校，既当大队辅导员，又当一年级班主任同时继续教语文，学生的成绩就没有大问题了。

现在想来，当年自己学生答卷不理想，就是没有花时间在基础知识的教学上。我们的时间花在哪里，哪里就会开花结果。反过来说，哪里没有开花结果，可能就是因为我们没有在哪里花时间。晚清重臣曾国藩背了一个晚上的书，依然不会背诵，趴在房梁上听的小偷，却轻松背了下来。这个故事告诉我们：很多时候，成绩的好坏并不是智力的问题，而是时间的问题。

刚刚醒来时，我脑子里出现了四句话。

第一句是我们有没有花时间去思考。 为什么有的老师可以把学生教好？有的老师却总是在抱怨自己带的班不好？有的老师往往喜欢把责任推给学生和家长。很少有老师会主动反思自己的行为，甚至自己的过错。

第二句是我们有没有花时间去陪伴。 昨天，从市区到我们学校的任老师，告诉我们不能指望农村家长对孩子的教育付出太多。因此，我们的陪伴就是使命性的，就应该成为我们的生命自觉。为什么有的班级会逆袭呢？很简单，多陪伴。我相信，学生喊任老师一声"任妈妈"，也是陪伴的结果。

另外，有很多习惯都是陪伴出来的，而不是讲出来、骂出来的。

用《小王子》中的话来讲，那就是驯养出来的。你知道我在说什么，我也知道你在想什么。这就是驯养的结果。

第三句是我们有没有花时间去批改。前几天，和几个老朋友在一起聊天，他说实验小学的老师有一个好习惯——作业批改得非常认真。每天晚上学校里总是有老师留下来批改作业。我想这份认真，一定会感动学生的。我拿自己批改学生作业为例，一交给我，我就马上批改。这种在乎，学生是知道的。

大家都知道，作业当场批改跟隔天批改是不一样的。也就是说，老师对待作业的这份用心，是可以被感受到的。

第四句是我们有没有花时间去学习。看到别人做得好，不是虚心学习，而是充满嫉妒恨，这就不对了。过去，我和一位同事，总爱在工作上较劲。我们常公开地说，这次你比我好一分，我不服气之类的话。这是一种非常好的氛围。别人比我好一点，我内心里有一份不服气，但是又不会伤害到彼此。

就是因为这份不服气，才会促使自己不断学习。

世界这么大，但是道理都是一个样。

你的时间在哪里，只有你知道。

与君共勉！

与大家同行　周国平

2024 年 1 月 26 日

第六章

行动力才是教师的根本能力

XINGDONGLI

CAISHI JIAOSHI DE

GENBEN NENGLI

世界上有最远的距离之一，叫作从知道到做到的距离。

如今，教师不仅不缺乏培训，甚至可以说培训过于泛滥，以至于成灾。但是，能够从培训中获得、再到实践中进行探索的老师，并不在多数。其实，根本来说，行动力才是最重要的。一个偏僻乡村的教师，只要有行动力，也能走出自己的一片天空。

我就属于有行动力的老师。

问题是你真愿意做吗?

——关于提高学生成绩给老师们的一封信

尊敬的各位老师:

大家好!

你是否想提高自己学生的成绩?

答案当然是肯定的,谁不想让自己的学生成绩好呢。但是,我觉得这未必就是真的。

我发现不少老师给学生订了很多试卷、布置了很多作业,美其名曰为了提高学生的成绩。怎么看都觉得老师真的是一心一意想提高成绩。虽然大部分老师都这么做了,但最终我们发现:成绩好的班级依然成绩好,成绩差的班级依然差。难道是我们做的题目不够多吗?或者是我们做的试卷不够好吗?

当然,这两个问题确实有可能是其中的原因,但绝对不是根本原因。说实话,我们看过很多提高学习成绩方法的文章,也听过很多提高学习成绩的方法论。以魏书生老师前段时间的文章为例,他所说的提高质量有四个方法:一抓习惯就是抓质量;二抓细节就是抓质量;三抓学困生就是抓质量;四抓读书就是抓质量。

　　这四个方法文中分别举例进行了说明。这些方法对于魏书生老师来说非常有效。魏书生老师已经不是一线老师，不需要和大家去竞争，会将自己的经验毫无保留地总结分享。那么，我们可以从这四个方法中，为我们自己的班级设计一套提高成绩的程序吗？

　　第一，抓习惯就是抓质量。

　　我们都知道"读"对小学生而言非常重要，但是我们真正让学生读了吗？这里的"读"既有朗读，即读课文，又有阅读，即读课外书。要让学生养成读的习惯，应该怎么做？有的班级制定了"入室即读"的班规，有的老师始终陪伴学生一起朗读和阅读，这些班级慢慢地就形成了良好的习惯。

　　写，也是很重要的习惯。我们有没有培养学生写端正、写规范的习惯呢？写端正应该是最基本的要求，达到这个要求只需要提高我们的验收标准即可。什么是写规范？这其实已经涉及魏书生老师说的抓细节的问题了。比如，学生课本上的名字，要对写哪里、写什么进行规定。有的老师在一年级就特别强调，在书的扉页正当中写下名字和班级，下方还要写上爸爸妈妈的手机号。这样写确实有很多好处。

　　第二，抓细节就是抓质量。

　　其实，抓细节的本身就是抓习惯，前面我已经提到过。

　　作为大队辅导员一路走来的我，见过太多的班级管理形态。总而言之，走进一个管理有序的班级，这个班级一定不会太差。

如果连桌子、椅子都是东歪西倒，垃圾都不能及时清理的班级，那么这个班级基本好不了。我们都知道环境对人的影响很大，学校组织大家布置班容就是这个道理。

有的班级为了让桌子摆整齐，他们采用了地面定点、贴线等方式，想必很多老师也这么干过。昨天，我对之前带过的班级学生进行了调研，他们对当年的鞠躬问好、读《论语》和《弟子规》以及读书时手指食指夹到下一页等细节印象深刻，认为这些细节真的对他们有影响。我想是因为其他班级没有这么做，所以他们就更加有印象。

班级管理上的细节还有很多，比如你们班在公众场合是不是说话特别小声？过走廊的时候是不是会照顾到其他班级？见到地面有垃圾，不管是谁的是不是一定会伸手去捡起来放到垃圾桶？

有的班级学生喜欢说脏话，那不是学生的原因，主要是我们没有引导好，没有做到细节管理。只要有学生说脏话，班级就应该有相应的惩罚制度在。

第三，抓学困生就是抓质量。

学困生怎么抓，并不是拿习题给他们做那么简单。我们前阶段对《走出大漠的女孩》的共读，其实对学困生的教育方法已经有了答案。总之，年龄越低，我们越应该关注他们。

第四，抓阅读就是抓质量。

一个喜欢阅读的班级，成绩一定不会差。现在我们要做的是全面营造阅读氛围，让每一个孩子都学会阅读。做到这一点，其实不是简单的，这不仅需要我们自己阅读，而且需要花时间和孩子们一起阅读。

魏书生老师所讲的这四个方面，如果我们都抓起来了，那我们的成绩自然就会好起来，这是毫无疑问的。

一起做起来吧！

祝各位六一儿童节快乐！

与大家同行　周国平

2021 年 5 月 31 日

离开起点，如何奔跑才是最重要的

尊敬的各位老师：

大家好！

随着暑期师德培训落下帷幕，我们马上就要开学了。

前天，朱周周老师在给我们分享她的故事时，我突然想到了这样一句话：一个人的起点不是最重要的，重要的是离开起点，你是如何奔跑的。我觉得这句话，真的很适合我们这些考上编制的年轻老师。

每一所学校，都有来自全国各地的高校毕业生，不乏来自重点名校的高才生。温州中学就有来自清华和北大的毕业生。可以说，从他们毕业的大学来看，那真是起点超高，少有人企及的。但是，其结果是他们与其他普通高校的毕业生一样，都在同一所学校当老师。这似乎又是来到了另一个新起点。

其实，人生就是这样，总是在不断地变换跑道，而随着跑道的转换，人又会不断地遇到新的起点。因此，起点并没有那么重要，真正重要的是离开起点之后，人的奔跑状态。是马拉松？还是百米冲刺？这都不重要，奔跑状态因人而异。就像龟兔赛跑，现在看来是没有对错的。只要往前走，不要停滞不前就行。至于你是慢慢走，还是走一会儿休息一会儿，那都无所谓。

最可怕的是没走多远就停下来不走了。甚至有的人还想拉着别人一起停下。实际上，很多人一开始都是奔跑的，但总有一些人会停下脚步，然后，在他们的影响下，更多的人都停下来了。

但是也总会有那么一些人始终朝前走。甚至是他一个人孤独地朝前走，而且内心很欢喜。就像一个每天坚持跑步的人，只有他才能感受到自己的愉悦。当他走到一定距离的时候，就会跨入另一个跑道。那将又是一个新起点，而此时的起点，已经与刚才所在的起点拉开了很大的距离。

给我们分享的朱周周老师，就是一个很好的例子。她说自己是职高毕业，在职高代课十几年，然后才考入编制。而如今，她已经荣誉满身，而且又以人才引进的方式调到了省城。她又何曾想过这样的转变呢？

从学历角度，从编制角度，朱周周老师的起点都很低，但是她离开起点之后的奔跑特别精彩。她是代课老师，没有培训学习的机会，她就自费去学习。尽管是一名代课老师，但是她从来没有请过一天假。后来，她终于考上了编制，来到了一所农村小学。她开始带着这些乡村孩子走上了合唱的道路。从开始的瑞安市倒数，到后来的省、市冠军，这不仅成就了她个人，还让一所农村小学成为浙江省艺术特色学校。

这就是奔跑的精彩！

不能输在起跑线上，这句话的确有一定道理。但是，离开起跑线，怎么奔跑才不会输，这才是我们应该思考的问题。

同在我们这样一所学校，有像我这样只读了中师的；也有高中是瑞中，而大学毕业是提前招聘进来的；还有考了好几年，终于考进来的。但是这一切都不重要了。

因为起点之后的奔跑造就了我们的精彩人生，或者说奔跑本身就是人生的精彩。

祝各位开工大吉！

与大家同行　周国平

2023 年 8 月 29 日

工作就是生活的一部分

尊敬的各位老师：

大家好！

今天早上，我看见还有两个孩子哭闹着不愿意上学。每一个学期总是有那么一两个低年级孩子，迟迟不能进入小学生的读书状态。我的孩子也读一年级，每个周一早上起来，他总会说，怎么又要上学？

是的，相较于在家里玩耍，上学自然是无味多了。我们老师也一样，假期里在家里，没有金钱的烦恼，反正每月都会按时发工资，几乎想做什么就做什么。这样的生活与上班比起来，那简直是云泥之别。当然，从人的惰性来说，如果可以选择，谁都选择不上学，或者不上班。

不过，我们仔细想一想，上学应该是孩子要做的事情，否则孩子们缺乏了教育，将来怎么办？上班也是我们应该要做的事情，否则我们的生活来源怎么得到保障？从这个角度来讲，工作本身就是我们生活的一部分，而且是非常重要的一部分。

十多年前，我们几个老同事在一起聊天，曾经说过这么一句话：我们老师这一辈子，大部分时间都是在学校里度过的。与同事在一起的时间甚至超过与家里人在一起的时间。当时，我们都颇为认同。所以，把学校的生活过得好一点，过得有意思点，是非常重要的。否则我们人生中大部分的时光，都给浪费了。

我们总是听人说，工作是工作，生活是生活。但是，我们都太容易忽视工作本身就是生活的一个重要组成部分。因此，对工作充满热情，也就是对生活充满热情。

我从很多名师身上都找到了这一点。上次，朱周周老师给我们分享她的家访故事，就是一个热爱工作、热爱生活的典型例子。她可以把家访做成个人旅行故事。七八年前，给我们学校老师做过讲座的温州中学特级教师郑可菜老师，也讲到自己热爱阅读、热爱骑行、热爱游泳的故事。还有大家所熟知的温州市名师厉纪成老师，也是这样一位热爱生活的老师。

不仅工作上要热情，对待同事也要热情。前段时间，我翻到了自己写的文章，突然想起了碧山小学的唐圣伍老师。唐老师是我的校长，如今，他已经退休了。但是，还是有很多老同事跟他保持着很好的联系。如果有一段时间没有聚一聚，就感觉到缺少了什么似的。

在一个单位，一个人的成功与否，就在于当你离开了工作岗位后，是否依然有很多人会想起你。反之，如果你还没有离开，就已经有很多人巴不得你早点离开，这就是一个人最大的失败。

　　其实，过一种幸福完整的教育生活，也并非是那么难的。喜欢自己的工作，关爱自己身边的同事，仅此而已。

　　愿大家都是幸福的教育人！

　　　　　　　　　　　　　　　　与大家同行　周国平

　　　　　　　　　　　　　　　　2023 年 9 月 20 日

用心感受和体验：是幸福的源泉

尊敬的各位老师：

大家好！

今天下午的教师会上，周翔老师的演讲"阳光普照"特别精彩，我特别有共鸣。最近，我在读一本关于中医的书——《精神健康讲记》，其中有一篇文章叫《生活中重要的部分，真实而深入地沟通》，大致的意思是亲人之间，需要一种真诚的沟通，而不是表面的套话。对此，我深有感触。

想到了这个话题，便借着这封信，再和大家啰唆一番。

每周教师会的演讲，老师们都特别用心地去准备。这份用心不仅让自己很有收获，还让同事们获得了新知，获得了快乐。今天散会后，老师们还在讨论周老师的演讲。好的演讲，真的就是一种情感的流露、思想的输出。这份流露和输出，需要我们用心地去觉察自己，感受和体验自己的生命成长过程。

还记得徐燕老师的那次演讲——"一束照进心灵的光"。我每一次到外面分享都会提到这个故事。因为学校有任务，所以徐老师才会准备这样一个演讲。又因为徐老师用心觉察自己，所以才有这样一个感人的演讲。我相信这个演讲，不仅感动了我们，还感动了徐老师本人。而这一份感动，是幸福的，是充满能量的。

周翔老师今天在演讲中，没有详细讲他的写作。他每天都在等陆壹，不催、不急。从原来的看书到现在尝试着写小说，他让被动地等待变成了主动利用时间的过程。这个过程中，少了种种抱怨，反而多了自我沉醉。用心去感受和体验这份等待时间，生活反而更美好了。

我不知道这样的理解是否和周老师的体会一样。不过，这是我的真实感受。我知道，每天总会有人很晚下班。于是，我就没有打算让自己早下班的想法。从五点下班到六点，还有一个小时。坐在电脑前，我甚至可以完成一篇千字文，或者可以阅读好几课的课件。在旁人看来，我是在陪伴老师。但实际上，我却拥有更多的上班时间。

在这个时间里，我没有杂念。每当自己沉醉其中时，往往收获颇丰。因此，每天下班回家，我都特别舒坦。最近一直在写《每日随记》，我发现流水账就是一种用心觉察自己的方式。每一个时间点的回忆，都是在用心去体会和感受。看着自己的时间一点点溜走，没有可惜，只是感觉时光飞逝，这一天又结束了。

今天周翔老师说他在办公室里问同事，自己存在的意义是什么？这可是哲学之问。当我们用这样的方式与自己对话时，其实就是用心感受和体验自己的生活。自己的存在意味着什么？有存在的价值吗？同事的回答，我认为很精彩：你的意义在于身边和你有关系的人。

能这样回答的人，一定是有自己的生活体验的人。否则，是不能在短时间内做出语言的描述的。其实，我们生活中很多人是回答不了这个问题的。因为没有用心去感受和体验自己的生命意义。

工作中，也是如此。只有用心去感受这份工作，用心去体验这份工作，我们才能意识到它的意义是什么，而不仅是能提供我们生活保障的那份工资。

老师们，现在的工作是繁忙的，是琐碎的，甚至连周末都需要加班。但是这份工作是值得我们去用心感受和体验的。你越是用心，就越是有幸福感。

愿各位做一个幸福的人！

与大家同行　周国平

2023 年 10 月 16 日

人生就是遇见的总和

尊敬的各位老师：

大家好！

这个周末，我在云南会泽参加当地的阅读教育论坛。当地一位主持人问魏老师，教师如何寻找教育资源？这个问题，魏老师其实已经多次讲过。一个人要是真正想要获得某些资源，一定是有办法的。俗话讲车到山前必有路，的确如此，只要开始找，就会有路。

如果找到一，就会有二；有了二，就会有三。然后，就会像滚雪球一样越滚越大。对于这点，我特别有共鸣。这就跟我遇到贵人的经过是一样的。

在"担当者"的众多讲师中，我是属于比较老牌的讲师了。"担当者"总干事春亮问我，最早是怎么与"担当者"结缘的？我说是胡志远兄推荐的，那么我又是如何与志远兄认识的呢？是我在参加温州市少儿图书馆的各种活动中认识的。包括日正兄，也都是这样认识起来的。

有人说，评价一个人是一个怎样的人，只需要看看他身边都是哪些人。这是很有道理的，一个人与怎样的人交往，很大概率将会决定他以后成为什么样的人。从另外一个角度来讲，人的一生中遇到了哪些人，就会有一个怎样的人生。

从我个人经验来看，人生就是不断遇见的结果。

上周，全国各市教育局局长来校参观交流，其中一位局长问我有没有看过日本作家黑柳彻子的《窗边的小豆豆》？他说咱们学校有点像这本书里的学校。过去也有人说，咱们的学校有点苏霍姆林斯基的味道。这都源于我遇见了干老师和魏老师。在还没有认识魏老师之前，我就听过干老师的讲座。

那时的我还不是校长，但是我喜欢听干老师讲他是如何办学校的。听多了，就产生了向往。自己当校长，自然就会模仿和学习。遇见温州市少儿图书馆邀请来的那么多阅读讲师，我就想成为阅读推广人。在博客里，以及在后来的"1+1教育网"里，遇见了孙明霞老师、刀哥以及张文质老师，我就很想成为一名会写作的老师。

看，这就是我的遇见。每一次的遇见，都让我成为一个更好的自己。

读到这儿，肯定有老师会觉得他们没有我这么幸运，可以认识这么多人。让我们再回到刚开始的话题——我是怎么认识"担当者"的。根据刚才的线索，我是从少儿图书馆开始认识一个个老师的。那么，我又是如何走进少儿图书馆的呢？在那时候从桐浦到温州市区，需要翻过一座山。

在没有微信的时代，我喜欢浏览各种报纸，发现感兴趣的主题，就会停留细读。一次在办公室读报，我看到了温州市少儿图书馆准备办一个"蝴蝶妈妈"的家长阅读培训班。那时，我女儿刚生下来不久，我有当好父亲的需求，于是就去报班参加培训。

从此以后，我开始走向一次次遇见。后来，我的足迹逐渐向外扩大，开始行走于成都、绵阳、南京、福州等各个城市。华德福、一线、教育行走、海峡阅读研究中心以及"担当者"这些与教育相关的名词，逐渐进入了我的生命。

因此，我开始丰富起来，我开始温暖起来，我开始学会什么叫作营造局部的春天。

老师们，人生就是一场遇见。不一样的遇见，成就不一样的自己。但是，最关键的还是看你想成为什么样的人。

这个问题，值得我们每一个人去思考。

与君共勉！

与大家同行　周国平

2023 年 10 月 29 日

学会积极归因

尊敬的各位老师：

大家好！

前两天，马斯克的"星舰"计划二次试飞又失败了，但是很多人都在各种媒体上留言说他们总有一天会成功的。是的，马斯克本人也是这么认为的。而且他明知这次试飞结果大概率不会成功，却还要发射出去。他的目的是：从失败中找到成功的经验，找到失败的原因，以便更加接近成功。

面对失败，可以有三种不同的结果：一种是自暴自弃，否定自己；一种是找个原因为自己开脱；一种是更加清醒地意识到自己的问题所在，从而不断提升自己。马斯克显然属于第三种。我们知道不同的思考方式，将决定不一样的行为模式，最后会形成不一样的结果。其实，这就是一个人成功的关键因素之一：积极归因。

那么，我们在教育教学过程中如何面对失败，如何面对遇到的问题，也将使我们得到不一样的结果，成为不一样的老师。因此，本周想与大家谈谈"学会积极归因"这个话题。

写这封信时，我在广东珠海机场。刚过去的这个周末，我从北京来珠海参加中国教育博览会。虽然只有短暂的一天时间，但还是颇有收获的。会展场面很大，逛得很累，拍了很多照片，脑子里突然有了很多想法，很想对大家说些什么，但又觉得很难表达。

我在博览会上看了许多展板，它们来自全国各地不同的地方。总的来说，都是一种思维模式：即遇到问题、解决问题、形成成果。而他们所做的事情，我们平时也在做，只是我们没有沿着自己所做的事情持续探究，直到小有成就。为什么不持续探究呢？多数时候，我们在面对问题时，更多的是选择抱怨或放弃。

比如接到了一个"差班"，老师很容易会选择放弃，而不是选择尽力去改变它。当然，一个"差班"往往会有很多"差"的表现：家长不积极、学生成绩不好等。面对这样一个班级，老师很容易丧失信心，甚至会在心里犯嘀咕：学校为什么把这个班级交给我，是因为我好欺负吗？更糟糕的是，这样的想法想多了，就像查百度看病一样，越看越觉得就是那么回事。

而我们用积极归因的方式来看待这个班级，就会看到好多不一样的优势：再差也就这样，已经是谷底，那剩下的就只有反弹；只要解决了这个问题，我从中就可以获得了很多经验；家长不重视、不积极，反而给了我很多自主权。

如果认识到这一点，我们就可以以积极的心态去面对问题并选择有所作为。

反正总是要有人去教这个班的，既然学校安排我来，那就是学校觉得我最适合。教不好也没关系，因为本来就差。如果我教好了，就是我的功劳。

那么，如果这个班是自己一手带起来的呢？因为总有这样那样的原因，会导致班与班之间有差别。我们须要思考，为什么会有这样的差距，其他班主任为什么会做得好？有值得我学习的地方吗？如果有，就一定要学，这就是积极归因的基本思维。如果我们能够看到别人比自己优秀的原因，就已经找到了自己努力的方向。

积极归因的人，总是可以找到有利于自己成长的因素。我每年都会听不少讲座，不是所有的讲座都好听、都是高水平的。但听多了，我就知道怎样的分享是别人愿意听的，能使他人更有收获的。

祝愿各位都能学会积极归因，成为成长型的老师！

与大家同行　周国平

2023 年 11 月 21 日

长期做一件事，真的挺不容易

尊敬的各位老师：

大家好！

实在抱歉，本周的这封信到今天才写。这段时间确实挺忙，应付各种检查和接待来访，以及百草园乡村学校联盟活动，几乎没有时间让我停下来思考和梳理。

直到昨天，我参加完联盟一天的活动之后，才突然想起这么一句话：长期做一件事，真的挺不容易。

对这句话我深有体会。就是每个学期举办一次百草园乡村学校联盟的活动，都感觉挺不容易。每一次举办论坛活动都特别费脑和费力，就连最简单的时间确定，都不能由我说了算，需要不断地沟通和更改，更不用说论坛的报名、演讲人的准备以及彩排、专家的邀请等。这些都需要付出很多精力。

但是，昨天下午看到老师们手上拿着的证书时，我觉得这一切的付出都特别值得。因为有了这个平台，让乡村老师有机会站在舞台上展示自己，这是一件多么有意义的事情。为了能够上台分享得更好一点，很多老师都特别认真地去准备。我们的舞台虽小，但依然很能锻炼人。我相信从这个小舞台开始，老师们会慢慢地走向更大的舞台。

想着想着，我就觉得这件事是值得我们去做的。于是，筹备的各种烦恼，如报名是需要催的、交稿是需要拖的等，都已不再算是问题。另外，只要我们往好处看，总能看到美好的风景。

当我们想到这些，就会生出许多新的动力。

这个学期我开始写《每日随记》，这一写就写了一个学期。有人也会问我，是什么原因让我坚持写下去？我在做这件事的时候，有没有遇到困难呢？当然有，有时候我也在想这样写，有意义吗？我知道并不是所有老师都会看，但是我发现每天都有人给我点赞，而且总有人受到我的影响，也开始动起笔来。更重要的是，我觉得它能让我保持思考、保持记录，还能让我学会管理自己的时间。

于是，我就每天写下来了。

我始终相信文字是有力量的，我也相信这种力量是可以传播的。因为我相信了，所以就长期做下去了。为了克服没有时间的问题，所以就要更加善于利用时间。只要有空，就会随手记录。每天这样写着，自己就变得越来越能写了。

而且，每天都很充实。

老师们也经常会有自己想做的事情，可就是坚持不下去。老师自己觉得是一件很好的事情，也开始尝试去做了，可是别人一说，就放弃了。比如要在班级里做一件事，只要有家长反对，或者给出不好的反馈，立马就会放弃。有些老师还会想："我是好心想做事，可是大家却不领情。算了，我不做总行吧？"于是，一件本来很好的事情，就这样夭折了。

殊不知，任何事情想要做成，必定是曲折的。如果一帆风顺，那就不需要我们去做了。曲线比直线更美，这才会有曲径通幽。人生也是如此，你想要的马上就得到，那就没有意思了。

长期做一件事，真的是挺不容易的。因为一定会有曲折，但是曲折的才是最美的。

与大家共勉！

与大家同行　周国平

2023 年 12 月 15 日

别把制度神话了

尊敬的各位老师：

大家好！

上周我写了一封有关"长期做一件事"的信。有时候，我们为了长期做一件事，就制定制度对自己或学生加以约束。这样的管理模式，又叫制度化管理。

但是，当我们真正实施制度化管理时，又很容易出现另一个问题，那就是机械化。很多事情，完全按制度操作下来之后，就变味了。原本是很好的事情一旦制度化后，就很容易变成在完成某种任务。

对我而言，体会最深的要数升旗仪式了。从我们读书时代开始，就一直参加升旗仪式。这已经变成了一项制度。每一次升旗仪式都是升旗、学生讲话、老师讲话等固定流程，久而久之大家就疲于应付。如果学生国旗下演讲没有好好准备，甚至只是拿着稿子上去读一读，老师讲话又是一些陈词滥调，那么这样的升旗仪式，叫学生如何安静得了？

升旗仪式如何发挥它的价值呢？光形成制度肯定是不行的。

再举一个例子，很多老师对于低年龄段孩子排队的管理，往往用一些口号来完成。老师或者领队学生喊"立正"，其他学生回答"一二"。这种一问一答的提示方式，可见老师已经训练得很到位了。刚开始时，这个方法的效果一定是很好的。只是，当它成为一项长期的制度后，老师无趣了，学生麻木了，它所起的效果，也就只是声音上的一种自我安慰罢了。

实际上，对于一二年级学生的排队管理，是有很多种方法的。比如老师们可以用好自己的眼神、自己的双手，使其发挥出惊人的力量。而且，这些管理比起喊口号绝对更有效。

再看看我们的周五大阅读。有固定的时间，有教导处巡视，如今也成了一种制度。从表面看，学校已经把阅读做起来了。但是，我们只要细心观察，就会发现其实问题还有不少。比如学生虽然安静了，但是真正在阅读了吗？学生不读的时候，我们做什么了吗？很多时候，我们只是在贯彻了这一项制度而已。

每天早上的晨读也是如此，如果只是制度化地拍拍照，那么学生自觉阅读的可能性就会降低。通过这些例子相信大家不难发现，制度化的事情，很容易走向机械化。最终，就只是完成了一个任务而已。

在我们的工作中，会遇到很多这样的问题。如果没有制度，一件事就很难做下去；但是有了制度，又很容易走向另一个极端——机械化。那么，我们该如何防止制度化后的机械化呢？

　　这需要我们学会跟进和观察。我们完全可以在自己的本子上列上一个清单，提醒自己时常观察、思考并改进。比如我发现一年级的学生还不会自己阅读，那在周五大阅读时间里，就可以让他们听绘本故事。我已经把故事资源推荐给大家了。这个资源平台会持续更新内容，大家利用好这些资源，既方便又高效。

　　与此同时，我们又得防止播放故事又成为一个新制度。学生喜不喜欢听，有没有在听，都是需要老师们持续跟进的。否则，又只是完成了一个任务而已。

　　聊到这，是不是觉得太难了？

　　确实不容易。所以想做成一件事，本身就不是很容易的。更不能只是一味地相信制度。我们常说，制度是死的，人是活的。我们要用好制度，让制度活起来。

　　与大家共勉！

　　　　　　　　　　　　　　　与大家同行　周国平

　　　　　　　　　　　　　　　2023 年 12 月 17 日

不懂比赛规则也可以比赛

尊敬的各位老师：

大家好！

前段时间，我们学校举行了篮球比赛。刚开始，大家都觉得三四年级的孩子都还不会打球，更不懂篮球比赛规则，谈何比赛。

但是，第一场四年级的比赛，就已经让老师们改变了这个观点。原来孩子们可以这样的投入、这样的在乎这场比赛。不管是场上的选手，还是旁边的啦啦队，都非常卖力。别看四年级的孩子个子小，球技也很一般，但是奔跑起来还是带风的。旁边的体育老师，立马就从中发现了几个很有潜力的小男孩。不管是球技还是勇气，都是挺棒的。

另外，尽管只有两个平行班进行比赛，但是依然可以感觉到孩子们的集体意识已经被激发出来了。他们挥舞着自制的小旗子，整齐的加油声在操场上沸腾。就连不太懂篮球的女老师，都被这场面吸引住了。这就是运动的魅力！

真的不需要先懂得比赛规则，才可以开始比赛的。尤其是对于小学生而言，这只不过是一场游戏而已。但是游戏中的体育精神和游戏精神，才是最重要的。我们举办比赛的初衷也是如此。

其实，很多事情都是这样，先行动起来才是最重要的。只有动起来，才有可能往前走。而实际上，我们当下的问题是，听得太多，看得太多，学得太多，以至于都没有时间去做。很多人都不愿意在"做"字上面花功夫。因此很少能够做成事情。

正因为这样，给了能够做事情的人更多的机会。只要用心去做，就很容易从中获得回报。大家可能已经发现，学校最近几年获奖的老师越来越多，而且质量越来越高。瑞安市一等奖，甚至是温州市一等奖都已经有老师拿过了。说实话，这些奖项在过去老师们哪敢想呀，拿个三等奖，都已经很开心了。

我经常跟老师们说，我们做的事情，都是值得去写的。只要大家去写我们做的事情，作品就一定不会太差。如果好好整理，很可能还会有惊喜呢！从这几年大家的获奖情况来看，足以证明我说的是对的。

这里，我还有三句话送给大家，请大家思考："当别人做事情时，你的意见很多；当别人给事情做时，你的困难很多；当别人不给你事情时，你的怨气又很多。"

祝福那些快速行动的老师们，因为你们付出了，所以你们有所收获。同时，也祝愿每一位老师都能找到自己的方向，拥有自己的天地。

记住，不一定都是要准备好了才开始行动的。

与大家共勉！

与大家同行　周国平

2023 年 12 月 28 日

从"能者多劳"到"劳者多能"

尊敬的各位老师：

大家好！

从我毕业至今已经二十三年了，不得不说时间过得真快。在这二十三年的教书生涯中，我辗转了五所学校，遇到了很多同事，见证了很多老师的成长。在此期间，我真正体会到了"劳者多能"这个词语的意思。

年轻时，一直没有领会这个词语的真正含义，甚至有时候还会觉得这只不过是领导让我们年轻人多干事情的借口罢了。但是，现在重新回过头来看，多干事的同时，也是在磨炼年轻人。

随着时光的推移，很多同事都已经从当年的"能者多劳"成为"劳者多能"了。的确，这些老师就是在不断地接受各种任务中，逐渐成为优秀老师的。当然，这些老师最终都是愿意"能者多劳"的。

多劳，本身就是成长的经历。孟子说，天将降大任于斯人也，必先苦其心志，劳其筋骨。这是所有成就事业者所必需的经历。

没有谁是天生什么都会的，都要在经历过程中不断学习。

前段时间，家里有一个网线插板没有接好。装宽带的师傅说自己从来没有接过，而电工说装宽带师傅最专业。好吧，那就我自己来吧。我用手机拍下原有的网络插板接线卡，照样画葫芦，一条线一条线地接上去。接完后，我已经能够看懂插线板上的标识，并且找到了接线方法。

今后，如果再遇到网络插板，我完全可以不用照样画葫芦，直接上手接线了。因为在这次"劳动"中，我彻底弄懂了接线的方法。

我看过很多年轻老师，一踏上讲台，就不断地被人听课。教研组活动，组长让他上课；教学检查，学校安排他上课；教研员调研，又是安排他上课。如果他稍微有些不愿意，人家就会说"能者多劳"嘛！他因为资历太浅，所以就不敢与人家顶嘴。刚开始，他甚至还会觉得人家就是欺负他年轻。

不过，这样的时间不会太长，他很快就会从这个人群里冒出来。因为他经常露面，所以很快就被他人所知。因为他经常上课，所以他得到的锻炼最多。最后，他获得了很多荣誉，越走越远。当时，他可能觉得不管是学校还是身边的同事，对他都太不公平。为什么每一次"倒霉的"都是他？

殊不知，这正是从"能者多劳"变成了"劳者多能"的过程。

从这些现象里我们不难发现，人的成长，其实就是不断地接受挑战。

因此，从接受任务的一方来说，要学会不抱怨，积极面对各种任务。甚至，还可以学会主动申请挑战。每一次任务都是一次自我升级，机会难得。有的人，没有机会也要创造机会。比如有些年轻老师会主动申请听老教师的课。

从能给予别人机会的一方来说，我们要创造机会，让老师们"能者多劳"。千万不要认为这是加重别人的负担，要知道没有负担就没有磨砺。因为助人成长，就是我们的职责。要是我们没有做到，就是我们的失职。

钟杰老师说，人的成长都是逆人性的。魏智渊老师说，没有一个英雄，不是被迫上路的。

能者多劳，多劳才能变成能者。我算是明白了！

与君共勉！

与大家同行　周国平

2024 年 1 月 4 日

我们需要的不是本能反应

尊敬的各位老师：

大家好！

过去，我不管作为老师还是学校管理者，常会有领导和专家给我提出批评意见。那时，也许是年少轻狂，总想和对方争执一番，以证明自己是对的。哪怕有时候，明明知道是自己不对，也要找各种理由为自己开脱。

后来，我才明白这其实是自尊心在作怪。以为被别人说一通，就让自己很没有面子，于是，赶紧找理由来遮掩自己的羞愧。是的，你也会有这样的经历。每一个人都有维护自己尊严的需要，因此当别人批评自己的时候，会觉得自己的自尊被伤害到了，于是立马启动本能反应。

每一次当我们开始辩解的时候，身边的很多人还会为我们打抱不平，这些人怎么这么不讲情面呢？因为得到理解，心情自然会好一些。同时，也强化了我们这种思维方式。为了让大家都"平平安安"，彼此间都进行言辞犀利的批评，更多的是恭维和客套。

但是，从个人专业成长的角度来看，很多时候我们需要的不是这种本能反应。我们应该启动另一种反应，那就是成长型反应。所谓的成长型反应，就是当别人批评时，应该想想自己到底哪里出错了，我该如何改进才能有所突破、有所成长。

乔布斯生前说过这样一句话："我最喜欢和聪明人一起工作，因为不需要考虑他们的尊严。"这并不是说聪明人不需要尊严，而是说聪明人对什么是真正的尊严是有认知的。其实，真正的尊严，应该是虚心接受别人的批评，并且认真地"三省吾身"。这样的人，才是值得尊敬的人。

我们也有过这样的经历。当我们摆正姿态去请教别人的时候，往往会有很多收获。请教别人大多时候都是批评的，可是奇怪的是，我们却认为这样的批评是对的。甚至，我们还会乐呵呵地接受批评。其实，一个人想要成长，接受批评是很重要的。

昨天，我们的办公室里也在讨论这个话题。面对批评，有两种无所谓的人：一种是他认为批评是他需要的，甚至压根就认为这不是批评，只是指出他的问题，是帮助他改正和进步的；一种是他压根就没想过这么多，批评对他来说更像是空气一般，或者说他对这个批评本身是无所谓的。

我很在乎别人的批评。别人一批评我，我就会反思是不是我哪里没做好。甚至，别人没有批评，只是偶尔说了一句什么话，我也会引起注意。这种思维方式对我的影响是很大的。

那我为什么会有这样大的变化呢？

这跟我读《论语》、读《弟子规》的那段时间有着很大的关系。从这些传统文化中，我意识到了"诸事不顺，反求诸己"的意义，我体悟到了"反求诸己"之后的那种内心之愉悦。当然，我也知道自己依然在"学而时习之"的路上。我觉得自己从成长型反应中获益良多，特此转告诸位。

或许真的可以这样理解：当一个人拒绝批评时，其实已经拒绝了成长。反之，在接受批评的同时，就是接纳自己的成长。相信自己的未来一定比现在好！

这就是我们本周要谈的成长型反应。

与各位共勉！

与大家同行　周国平

2024 年 1 月 11 日

无论什么时候开始都不晚

尊敬的各位老师：

大家好！

这两周，学校连续组织召开了一至四年级的学生家长会。也许有家长，甚至一些老师都会有这样的反应：都学期期末了才召开家长会，有什么意义呢？

是的，出现这种反应是很正常的。期中前，我就想着要开家长会，可是被诸多事务缠身，一直耽搁至今。但是，我想如果现在不开，那又得等到下个学期了。下个学期如果又是忙呢，那不是要一直推后了吗？所以，我始终觉得不管什么时候召开，都不会晚。况且，寒假来临，很多家长不知道该如何陪伴孩子。那么，这次的家长会就有了新的目标。

正是因为这样想，也正是因为这样做，四个年级段的家长会都开了。目前，收到的反馈都还是不错的。徐燕老师班级的家长还特地给她发来"长文挑战"，分享了自己参加家长会的收获。在家长会上，有一个学生爸爸表示下次一定要让孩子妈妈也来听一听。

做任何事情，只要开始就不会晚。因为过去的时间已经成为过去，我们能把握的就只是现在和未来。

前段时间，我在"一席"上搜到了一位叫姜淑梅的老奶奶，六十岁开始识字，七十岁开始写书。从大众的想法来看，六十岁开始识字，还有意义吗？都一大把年纪还想着学习和识字，还真想考大学吗？

对了，人家就是有这样一份定力。"不怕起步晚，就怕寿命短，年轻人不怕起步晚，千万别偷懒，不下真功夫，学不来真本事。"这是姜奶奶给年轻人的劝告。

实际上，现在很多年轻人已经开始"倚老卖老"了。因此，很多人就这样一次次地失去了实现自己理想的机会。千万不要总觉得现在开始太迟了，而应该相信一切都是刚刚好！

早些年，我看过一个电视节目，一位山东的老人退休后开始练习书法。结果，书法水平上升很快，成为当地的一名书法家。过去我一直以为这样的人是有天赋的，其实并不是这样。就在我们身边，有好几位同事，或退休的，或在职的，过去他们写的字还谈不上"书法"两个字，但是这几年他们跟着老师练习，已经都可以写出一手好作品来了。的确让人有刮目相看之感。

我们曾经有过怎样的梦想，有过怎样的宏伟规划，都因为各种理由而逐渐消失了。或许，再过一些年，也会加入"我都这把年纪了，还是不要了吧"的队伍中去的。这学期即将结束，你是否有什么想法尚未完成呢？你可能会想，反正都快学期结束了，还是算了吧，等下学期吧。

　　不管是自己的某种愿望，还是你和学生之间的某种约定，如果曾经有过这样的想法，就千万不要觉得现在太迟了，还是算了吧！因为只要开始，任何事情都不会太晚。

　　其实，真正的晚，是想到了，又觉得太晚，最终还放弃了。

　　与君共勉！

与大家同行　周国平

2024 年 1 月 18 日

第七章

学习能力是教师的核心素养

XUEXI NENGLI SHI

JIAOSHI DE

HEXIN SUYANG

老师们常说，要给人一碗水，自己得有一桶水。后来又说，不仅要一桶水，还要有源头活水。

是的，教师这个职业应该跟医生一样，是一项很专业的工作。可实际上，我们有一些老师是不够专业的。日复一日，年复一年，依然是那张旧船票。这样的工作状态，显然是与教师的职业要求不相符合的。当老师不学习，怎么能教好学生呢？

但是怎么能说老师没有学习呢？时下，不是有很多培训要老师们参加吗？一线老师忙着各种各样的培训，到底能学到多少，真的值得思考。本章会从如何学、学什么、到哪里学等方面为大家提供一些个人的经验。

你什么时候可以有水平呢？

尊敬的各位老师：

大家好！

近段时间，我鼓动一些老师发"朋友圈"。我说"朋友圈"有力量，"朋友圈"能够看出你对教育的思考，能够让家长看到你对教育的见解，能够让家长看到你是怎么做教育的。

回想自己的"朋友圈"，的确给了我很多力量，同时也给别人产生了很多力量。有一些好事情就是因为"朋友圈"而发生的。前些年李亨老师的画展上了《温州都市报》，她的画作上了《温州教育》，就是一位记者看了我的"朋友圈"主动联系到我的。

所以，我就鼓动大家发"朋友圈"。但我并不是说不发"朋友圈"的老师就不是好老师。

在一楼办公室与几位老师聊起了这个事情，我说判断一个人从事什么职业，一看"朋友圈"估计也就准了。一个老师发的"朋友圈"一定有老师的属性，如果一个老师发的都是卖面膜的，那估计他并不太认同自己的教师身份。当然，我说的是普遍现象。

我相信不管是校长、老师还是家长，都不会太喜欢老师发这样的"朋友圈"。

那么，老师要发什么样的"朋友圈"呢？我想大致有三类：一类是教育理念型的文章或者视频，一类是自己在教育教学上的实践图文，一类是关于人文视野的各种资料。

为什么要发这些呢？

当一名老师一定要有著书立说的愿望。当然并非是让大家都写书，而是希望大家都要有自己的主张，要有自己对教育的深刻理解。这就需要我们从阅读和实践中得出这些主张。"朋友圈"里的文章就是我们教育理念的一个外显，你看见什么、认同什么，你发在"朋友圈"中的文章就是答案。

实践应该是我们教师的强项，在我们的教育教学过程中，有着大量实践的图片。我们可以用看图写话的方式，将我们在班级里开展的各种活动呈现出来。这不仅可以提升我们的文字表达能力，还让我们与家长之间有了更多的互动，形成良好的家校关系。我们做的每一件事都有其原因，我们要把这种教育理念通过"朋友圈"的形式传达给家长。或许，这样的形式比我们开一次家长会的效果还要好，因为更为真实。

如果说前面发的东西决定我们对教育理解的深度，那么人文视野类的东西，将决定我们站在怎样的高度。一个老师的视野将会决定老师看待世界的高度。登高能望远，我们只有站得高，才能看得清、看得远。

教师的视界就是学生的世界，甚至可能成为家长的世界。因此，我们的"朋友圈"是否关注人文视野，很可能会决定我们自己的视野。近期，袁隆平、空间站等都是值得关注的一些信息。作为教师，应该要有所了解并和学生们言说。我们在发"朋友圈"的时候，也可以转发这样的信息，甚至可以提醒家长让孩子们一起关注。

我开玩笑说，"朋友圈"里是可以做教育的。这样看来，并非是一个玩笑，只要我们愿意，教育就在"朋友圈"里发生。

在一次与办公室里的老师聊天中，主动说出自己的想法，她说："校长，我们有时候也想发'朋友圈'，就是害怕自己的水平不够，发出来的文字让人笑话。"我也开玩笑似的倒问过去："那么，你什么时候可以有水平呢？"

不能总是等着有水平再发有水平的文字，因为习惯于等待的人，只能永远等待下去。而立即行动的人，会越来越优秀，因为他接纳当下的自己，愿意想象未来优秀的自己。

前段时间，潘丰洁老师在整理材料时，翻看我的"朋友圈"。她对我说，这几天一直在翻您的"朋友圈"，发现校长的"朋友圈"每一年都不一样。我说，这就对了，你一定看到了我的成长。

我始终想着这么一个道理，未来的我一定比现在的我要优秀，所以现在不优秀没有什么不好意思的。我不优秀，但是我现在可以努力啊。

不能总等着自己有水平了再去做事，因为如果当下不努力，你什么时候可以有水平起来呢？

好了，老师们，借着"朋友圈"的话题，又是一场啰唆。说的是"朋友圈"，但并非只是"朋友圈"。不当之处，老师们可以留言批评指正。

祝大家工作快乐！

与大家同行　周国平

2021 年 6 月 20 日

暑假是弯道超车还是丰富自己？

—— 2021 年暑假给老师们的一封信

尊敬的各位老师：

大家好！

今年的假期开始时间比以往要早了近一个星期，诸位老师已经在家里休息了近一个星期，是不是已经完全适应了假期生活呢？我想一定比开学上班的适应时间要快，甚至可以说根本没有适应期，直接躺平。

这种顺应本能的事情，根本不存在难度。但是，顺应本能就是滋长惰性，顺应本能就是拒绝心智成熟。我们经常对自己的孩子或者学生说，暑假是弯道超车的最佳时间。我想这样一句忠告，也适用于我们每一个老师。

暑假的两个月，虽然看上去很长，但是过得也是很快的。等我们想站起来的时候，会发现假期余额已经不足了。我想我们都不希望等到余额不足之时才想着站起来。人应该有休息，有奋斗，二者应达成一种平衡状态。

我对暑假是充满期待的，这段时间充实又紧张。已经取消了内蒙古的邀约，但是上海"大地良师"又发来邀请，我是一定要去的。接着，又要去杭州参加为期一个星期的"马云乡村校长计划"培训。这里一结束，我马上要去福建莆田参加"面向未来教育家"的校长研习营和阅读研习营，估计也要十来天。这样的游学方式是我最期待的，虽然都是带有任务的，但是每一次的学习都是一次成长。

也许有人会问你：都放假了，怎么还安排学习？暑假不是应该好好玩的吗？或许，有老师就是这样想的。我还是喜欢用魏老师的话来回答大家：我们应该始终保持内在的紧张感，而不是从外而内都是松弛的。

我想两个月里，大家至少可以看几部电影。看完《卡特教练》之后，或许我们对如何管理学生会有很大的启发。同时，也许会让自己对教育事业有了更深刻的认知。看完《拯救大兵瑞恩》之后，或许我们会对正义、勇气、情谊等方面有更多的思考。《功夫梦》可以成为你们一家人的午后美好时光。成龙演绎的中国功夫影片，想必大家都应该很了解。但是这一部有点不一样，因为它跟教育有关。

我想两个月里，大家至少还可以看几本书。《毛毛》是一本儿童文学作品，我觉得我们每一个老师都应该去读一读。而且，我敢肯定只要你翻开第一页，就一定可以把整本书看完。这本书会告诉我们时间到底是什么东西，还可以给到我们其他的思考。

《高手教师》是魏智渊老师的新作。有些老师已经从网上买来了，现在出版社还在做共读的活动。这本书也非常值得我们在假期里阅读，因为它可能改变你的一些观念，给你带来一些方法，让你感受到身为教师的乐趣。

我想两个月里，大家至少可以参加几节网络课程。现在的网络如此发达，不出门就能看到大师们的课堂和讲座。《中国教师报》发起的"课改中国行"值得大家关注；"教育行走"的直播课堂，我们也可以关注一下；"担当者"的"全国阅读领航员"直播培训，不管是语文老师还是非语文老师都值得关注。

当然，在这两个月里，如果你愿意，还应该坐下来写几篇文章。不管是读书、看电影，还是学习网络课程，我们一定有收获。我们应该把这些收获变成文字，使其成为自己的财富。

两个月的暑假，我们可以像学生一样弯道超车。其实，这根本算不上什么超车，而是丰富自己的假期而已。

与大家共勉！

祝大家假期愉快！

与大家同行　周国平

2021 年 7 月 3 日

被动还是主动，你看到的风景是不一样的

尊敬的各位老师：

大家好！

我们当初选择学校时，几乎所有人都会重点考虑的一个因素就是学校是否离家近。我就是其中的一个。这样的选择当然没有错，事实也证明了离家近，可以更方便。

但是，我们也发现有一些人选择工作首先考虑的并不是"离家近"的因素。

从概率上来讲，可能学历越高的人，越不考虑"离家近"。我们发现身边好多同行或者朋友的高学历子女，一般都不在本地工作。

为什么我们选择单位时首先考虑的是离家近而别人不是呢？这里面有很多原因，其中有一个原因就是我们的选择余地有限，还有一个原因是我们选择了被安排的生活。

二十多年前，我有一个同学放弃了被安排的工作，离开家乡

去闯荡。他曾经说过一句我认为很有道理的话："一个人连爸爸的话都不敢反对，就说明他没有长大。"

他放弃被安排，是需要和家里人抗争的。曾经有一段时间，我特别羡慕他，一是他的勇气，二是他可以有丰富的人生经历。

而那时的我，是被安排的。我去了一个自己并不满意的学校。当时的内心渴望着自由，曾经还差点跟着这个同学去做了推销保险的兼职工作。

不过还好，我并不讨厌自己的这份工作，也不会去抱怨自己的学校有多么差。尽管那个学校当时的办学条件是片区里最差的一所，我们几个年轻人却依然教得有滋有味。毕竟从来没有赚过钱的人，一下子有了稳定的收入，感觉还是很不错的。每到周末，我们也会选择出游，选择聚在一起吃吃喝喝。

这样的日子倒也舒服。只不过我发现生活好像就只能停留在此处了。自己整天过着一样的生活，对外面的世界知之甚少，整个人的状态越来越与这个乡村的荒凉相匹配了。

我想大多数老师，从开始选择学校的那天起，差不多就已经知道自己的人生就是这样了。有时候，我们还称为平凡的生活。

直到后来，我在"1+1博客网"上看见了"刀哥"，看见不一样的教育生活，才开始意识到自己的人生不能就这样过。我要选择我要的路。

从此开始，我比过去更加愿意留在学校里，经常利用周末时间在操场上画场地、修广播。曾经，一件崭新的衣服刚穿，就因为爬上主席台修理广播被铁丝勾出一个大洞。可惜过，但没有抱怨过。

再后来，就开始读书与写作，事情更多了。有时候，还因为坚持做一件事，和老师们发生了一些不愉快。

这些都没能让我放弃。

在这条路上，我越走越丰盛，越走越有意思。

说实话，这种选择让我失去了赚钱的机会，失去了安逸的生活。但正是因为选择，我觉得自己身上有了一种力量，一种能够掌握自己的力量。拥有这样的力量，我的内心是很踏实、很温暖的。

因为主动，所以选择；因为选择，所以丰富。这是"离家近"的那种生活所不能给予的。

再来看看我那个同学，他在瑞安工作一段时间后，又到了其他城市，现在又回到了温州。高档住宅有了，孩子送到了知名的私立学校，生活过得挺滋润。

站在他旁边，你能看到他的自信。我在想，如果当初他选择被安排的工作，他可能也是单位里的一个小领导了。但是，他这一路走来的风景是不一样的。

现在看来，不管是选择"离家近"的单位，还是离家出走的单位，都需要我们把被动变成主动。而前者，更应该如此。因为后者是环境所逼，而前者犹如温水煮青蛙。

被动还是主动，你看到的风景是不一样的。

这就是为什么优秀的人才不会留在小县城的原因，因为他们想要看看更精彩的世界。

你会选择被动还是主动呢？

与大家同行　周国平

2021 年 11 月 1 日

保持敏感，就是保持高贵

尊敬的各位老师：

大家好！

前几年，读过一本书叫《钝感力》，我还曾经专门录制过"钝感力"的讲课视频。这本书讲我们要保持着一种钝感力，不要对生活中的事情太过于敏感，否则我们在生活和工作中就会碰到很多问题。

而今天，我想和大家谈谈另外一个话题，那就是在我们保持钝感的同时，还需要保持着一种敏感。

这两天，我每次到办公室总是很不舒服。为什么呢？因为师德培训结束之后，有一些杂物还没有整理好。大队部的两大箱学生奖杯依然放在办公室里。我曾经把这两箱东西移过多次，但是又考虑到开学之后马上就要发放，因此而没有移开。每次看到它在那个位置上，总觉得应该把它放在一个合适的位置。这就是我的敏感度，或者有人理解为强迫症。

因此，暑假到办公室，我经常是先带着儿子一起拖地、擦桌子。甚至，我会把大家的办公桌都擦拭一遍，就连打印机和电话也不放过。如此之后，我坐下来才能够安心。

正是因为有了这样的敏感，我才会特别注重校园清洁，才会亲自动手去修剪绿植。

师德培训前，我们早早开始准备着开学前的事情。楼层打扫、教师必需品的购买，以及食堂的就餐安排等，都做了时间安排。这就是敏感度，我们希望老师们一进校园，就能够感受到学校已经准备好了。

我还记得当年刚来学校时，看到走廊黑乎乎的地面，我们还组织了中层干部进行了洗刷。看到厕所隔间的门大部分都是坏的，我就在第一时间让人进行了维修。说实话，很多乡村学校并不重视这些，认为这些无所谓。甚至，有很多人压根就认为乡村学校就是这样的。

当我们把厕所整理过之后，你就会觉得比起之前舒服多了。这就是因为敏感而带来的改变。

我经常到各个办公室与大家聊天，发现有些老师的桌子比较乱，总想开口提醒一下；办公室的垃圾桶满了，总想提醒一下。我时常到每一间教室，总是喜欢盯着讲台桌和地面。只要有脏乱的地方，我就不舒服，总想提醒班主任。

这就是敏感度，因为有了这样一份敏感，才能保持校园的一份洁净。

开学了，在我们的校园生活中，有许多地方都需要我们保持高度的敏感。

早晨，我们到校停车的时候，是不是应该把自己的车停得更合理一些，从而让同事再多停一辆呢？

值日的时候，我们早一分钟到，是不是就可以分担其他同事的一些工作呢？

中午吃饭的时候，我们是否对自助打菜有一分敏感：自己打的菜能否吃完？

在办公室里，我们主动做好清洁和整理，是不是就可以让同事们因为自己的行动而感到身心愉悦呢？

教室里，我们提早做好卫生清洁、新书发放，以及开学第一天的简单而又富有仪式感的班级文化布置，是不是会让学生对新学期有更多的期待呢？

开会的时候，我们提早一分钟到会场，是不是就可以让大家都感到我们的团队是积极向上而又十分讲究自律的呢？

老师们，有一些事情是需要钝感的，但是有一些事情又是需要敏感的。正如上述的这些细节，我们真应该要敏感一些。

当然，面对学生的很多行为表现，我们更应该保持一种敏感才是。比如，他们的字迹是否端正？他们的着装是否整洁？

有人说，敏感度是可以区分人的高低贵贱的。

如果这么理解，你们保持敏感，就是保持高贵！

与大家共勉。

与大家同行　周国平

2021 年 8 月 29 日

做一个"会管闲事"的校长

尊敬的各位老师：

大家好！

上周五，我和金副校长两个人在二楼遇到了一个头发偏长的男生。我叫住这名学生，让他周末回家后一定要去理发。

金副校长开玩笑地说："校长，你真是会管闲事，连人家的头发也要管。"

虽然是一句玩笑话，但让我想到了自己为什么要爱管闲事。其实，有一些话我已在多种场合里和老师们唠叨过了。只是没有形成一篇文章或者一封信来说明这个问题。那么，本周就把这个话题作为一次主题书信来写。

前几天，我在"朋友圈"里重新发了四年前写的一封信《我绝对不做"老好人"》。这封信里已经阐明了我当校长的立场，那就是为了老师们的成长，我不会去做什么都不管的"老好人"。

恰恰相反，我连闲事都管。

多年前，我曾经管过老师们用餐时按需打饭，不要浪费粮食；办公室的拖把和桌椅如何摆放能让人感觉舒适；甚至，连老师们到学校汽车怎么停放也都做了要求。

不知道大家还记不记得，一开始，我们的车子在校园广场是想停哪里就停哪里，哪里离办公地点近停哪里，夏天哪里有阴凉停哪里。于是，桃花岛下、保安室旁、教学楼与围墙之间的过道等空地上都是车子。

说实话，只从停车的角度来看确实是方便了。但是，结合其他因素来看，会有安全和美观等方面的问题。

当我在会上提出所有的车子都要停在教学楼后面的停车场时，有老师提出路太窄停不进去的问题。

我还记得当时我用玩笑的口吻说过这样一句话："如果我们连学校里的停车场都停不进去，那我们的车技是无法让车子开回到市区的小区里去的。"

从那时起，我们的校园广场里见不到一辆车，整个校园广场一下子就变得整洁和宽敞了。如今，我们还对车子的车头怎么摆放也做了规定。或许有老师不理解。

我们早上开车来到学校时，学生一般都在教室里。我们趁着没有学生在校园的时候，把车头掉转成离开的方向，下班或者是中途离校时，就不需要因掉头而产生安全隐患。

另外，车头都是统一朝向，整体性很强，看起来更美观。

所以，至今我仍然保持这样一个管理习惯：谁的车子没有停好，我都会通知到车主，及时纠正他的停车行为。我们学校虽然到现在也没画停车线，但是车始终停放有序。

这就是"什么事都管"的结果。

其实，会"管闲事"是一种态度，是一种高标准要求。

年轻的老师，可能还意识不到"闲事"的重要性。其实，闲事可以看出一个人的内在品质。同样，闲事也可以塑造一个人的品行。

我们在打餐时，是不是按需去打，打多少就吃多少。这是不是也是在考量我们的节约和爱惜粮食的品行呢？我们宁可再次去打，也不要一下子打很多，最后拿去倒掉。

我们如果一直用这样的标准要求自己，久而久之，它就会内化成为我们的一种道德品质。

比如，当我们已经适应了当下的停车秩序后，你再看到一些不规范的停车现象，就会觉得这样停放真不应该。这就是行为促进内化，成为品质。

如此说来，管的是"闲事"，其实是在训练品行。老师如此，学生更是如此。

如果让我选择，我当然选择做一个"爱管闲事"的校长！尽管"管闲事"的校长会遭到一部分老师的嫌弃。

最后，祝大家愉快地过完这一周，一起迎接寒假的到来。

与大家同行　周国平

2022 年 1 月 16 日

开学了，继续前行

—— 开学前给老师们的一封信

尊敬的各位老师：

大家新年好！

过去的一年，感谢大家的支持和鼓励。有些感动的言语此处不便多言，我已经记录在文字里，终将成为前行的力量。总之，有你们同行，前进的路上更有力量。谢谢！

新的学期即将开始，我们仍要继续努力。未来三年，对于我们来说特别重要。因为这三年，我们将与南明教育结缘，我们将用这样的缘分为自己的教育生涯增添别样的精彩。这几天，有不少老师已经开始在钉钉群参加联盟学校的培训活动。尤其是语文教研组，相关的课程资源和培训活动会更加丰富一些。我特别期待这些培训和活动给大家带来的变化。

最近几天，我断断续续地听了一些老师的分享，感受到身为老师的一种独有成就感和幸福感。来自郑州市经济技术开发区龙美小学的丁红瑞老师接手新月教室至今四年，她带着学生一起写作，让班级里的每一个孩子都会写作。四年来，她与孩子们一起创作的童诗、文章，读起来生动有趣而富有内涵。听着她的讲述，我由衷地为这些孩子们感到幸运。

看得出来，丁老师的教龄虽然不长，但是她已经享受到了职业带来的成就感。听她的讲述，着实让人产生羡慕之心。

为什么这些孩子能够这么优秀，老师可以这么幸福呢？这就是课程的力量。围绕着学生成长之一核心素养，跟着课程一步一步扎扎实实地做好每一个阶段该做的事情，孩子们就能够顺势成长起来。同样，老师们在课程中，也成为受益者，与学生共同成长，享受成长带来的成就感。

今天下午，我参加完学区的校长会议，在回来的路上又点开了钉钉看培训直播。正在讲授的是二年级下册的语文第一单元教材解读，紧接着是一年级下册的第一单元教材解读。两位老师虽然不是特级教师或名师，但是我发现她们的讲解非常有用，非常细致，并且给我们提供了配套课程资源。我相信这样的培训，对我们接下来教学工作的开展是非常有用的。我也希望大家能好好利用这些资料。

其他学科组的课，我没有深入学习。总体来说，综合各位老师的反馈意见，语文组的课程资源相对丰富和成熟一些。不过我相信，未来三年，其他学科都会逐步丰富起来的。我更相信，在这个过程中，有我们老师的一份力量。

我坚信未来几年，在我们这群人当中，一定会走出许多优秀的老师。我特别期待下个学期开学初，钉钉群里有我们老师的分享。

老师们，已经开学了，我们继续前行。

祝大家新学期工作顺利！

与大家同行　周国平

2022 年 2 月 11 日

期待更多的学生回校看老师

尊敬的各位老师：

大家好！中高考结束后，这几天许多考完的学生返校来看老师。我在"朋友圈"里看到了许多学校的老师，都在晒自己曾经的学生来校看自己的照片。从他们的"朋友圈"里，看到了身为老师的那一份喜乐。这种感觉真好！

以前，每一次看到有学生回校看老师时，潘丹丹老师总说："怎么没有学生来看我呀？"就在今天，她曾经的学生中考结束回学校来看她。我看到她见到学生的样子，真是特别兴奋。说话时语气语调都不一样了。一个劲儿地说，要带几个学生去参观校园。临近中午，还十分热情地带着这些孩子去吃火锅。

看吧，这就是老师最大的幸福。

之前，我曾经写过这个话题——"让学生回到母校看老师"。今天，我又重提这个话题——"期待更多的学生回母校看老师"。

为什么要写这个话题呢？

一方面，对老师而言，有学生来看望自己就是最大的回报。

虽然小学阶段学生还不大懂事，但是我们的付出总是会有学生记得的，这是一种莫大的荣幸。说实话，我们的付出其实也是希望被他们记得的。

从这个角度出发，我们作为老师就更应该注意自己的教育教学行为。我自己二十年前的学生，现在都已经成家立业了。据说有一个学生就在桐浦镇上开着一家小吃店，他跟别人说起我当年教他时特别凶。当我听到这句话时，我就为自己当年太凶而感到惭愧。的确，当一个学生毕业多年后，对老师的印象只留下"凶"字，这不得不说是我这个老师没有当好。

因此，作为老师一定要善待学生，一定要发自内心地为学生好。因为只有这样，我们才能够被孩子们理解、记得。另外，一定要在学习之余多与孩子们交流，多与孩子们互动，以便成为将来他们回来看望自己时聊天的共同语言。

另一方面，对于学生而言，他们也应该记住曾经教育过他们的老师。回来看望老师的学生越多，就意味着我们教育的效果越好。在他们眼里，我们的老师是值得被他们记住的。如果学生毕业之后都不回来看望老师，我们就该好好反思我们到底做了什么，让学生如此厌恶。

今天几位来看潘老师的学生都十分贴心，每人都带着自己的伴手礼来看望老师。真是礼轻情意重啊！在老师看来，那小小的伴手礼，就是孩子们的一片真心。

对于我而言，我当然希望更多的学生毕业能来看望他们的老师。因为从另外一个角度看，回来看望老师的学生越多，也就意味着我们的教育做得越好。

陆壹老师曾带过的两个学生据说已经被提前招走了。这真是个好消息！陆壹老师说孩子们中考成绩出来后再来看她。

恰巧，这两天我也联系了我的学生。有一部分学生在读大学，好几个已经在读研究生了；也有一部分早就走上社会，甚至成家立业了。这几天联系的是当年的几个调皮生，没想到他们几个感情还特别好。其中在安徽的学生孙凡勇结婚时，另外几个学生从江西、浙江赶过去喝喜酒。这是我没有想到的。我也希望哪一天能够见到他们，与他们聊聊当年我们师生之间的那些故事。

作为老师，一定要努力让学生记得自己。

我们一定要更努力地去做一名好老师。期待我们有更多的学生回学校看看大家！

祝工作愉快，桃李满天下！

与大家同行　周国平

2022 年 6 月 22 日

当老师和当家长，哪个更难？

尊敬的各位老师：

大家好！今天在教师会上和大家聊关于"家校工作"的话题，感觉自己没有表达清楚，没能达到自己的期望值。所以借着这封信再进行一个补充。家校互动是一个问题，而且是一个很重要的问题，解决好了会让家校两方面形成合力。因此，我们一直重视这方面的工作，也做了许多工作。

"家校工作"一直是个难题。过去，家长全权交给老师来处理，所谓"一日为师，终身为父"。而现在，各种各样的家长价值观完全不一样。学生作业不完成，如果老师都不管，家长们肯定说这个老师不负责任；如果老师特别负责任，把学生留下来补作业，有些家长又说老师为什么要把孩子留得这么晚，回家天都黑了。

总之，当老师有点难。

看看身边很多同事的孩子家长群，却是另外一副模样。"以上几个孩子，作业没有写完，请家长马上送过来。""以上几个孩子听写没有过关，请家长周末督促孩子过关。"说实话，我们当老师的家长，看见自己孩子家长群发来的信息，都会胆战心惊，生怕自己的孩子哪里没有做好。

其实，当家长也很难。

这两难的工作，有解决的办法和途径吗？都说办法总比困难多，我想作为老师，有几个方面我们可以努力尝试去改善一下，或许家校工作可以有一些提升，自己的专业能力也可以得到有效的锻炼。

家校矛盾，很多时候就是沟通的问题。没有沟通好，双方都认为自己是对的，对方是错的。久而久之，这样的矛盾就会越来越严重。在沟通时，我的建议是能面谈，尽量面谈；不能面谈，尽量打电话；最好不要用语音和文字。除非是一些简单的小问题。

在沟通的时候，请双方一定要保持心平气和。心平气和，才能做到有效沟通。作为老师我们更要心平气和，从而在沟通中获得主动权。我们既不能一味迎合家长，也不能拒家长于千里之外。我们要用教育的专业，去赢得家长的理解和认可。

另外，请各位记住，沟通时，我们要始终围绕解决问题，甚至是围绕着问题谈教育。千万不要去为了证明什么。我们要学会抓住问题，引导家长用教育的视角去看问题。告诉家长每一个问题，都是孩子成长的一个契机。我们要寻找有利于孩子成长的各种机会，帮助和引导家长利用好这些机会。让家长从沟通中，真正有所获益。这样的沟通，就变得专业了。

就像我曾经跟大家讲过的一个案例：因为没有沟通好，孩子中午没有去食堂吃饭。家长质问为什么不让他的孩子吃午饭？我在跟这位家长的沟通过程中，首先理解他的心情，然后就开始引导家长认识到，这就是一个很好的教育机会。让家长教育并且鼓励自己的孩子，有什么问题一定要大胆地跟老师反馈，而不是一个人躲在角落里不说话。不仅仅是吃饭这件事，还有其他事情也都是一样的。这是孩子应该拥有的一种能力。这样的沟通，家长不仅易于理解，也可以让他意识到自己孩子的确存在着这样的问题。

其实沟通就是在解决问题。而这种解决问题的能力，正是需要我们反复地实践与探索才能有所提升。要相信我们碰到的每一个家长都在帮助我们成长，都在提升我们的处事能力和领导能力。

最后，祝愿各位都能与学生家长沟通顺利。

与大家同行　周国平

2022 年 10 月 17 日

百万富翁是怎么过日子的？

尊敬的各位老师：

大家好！

前段时间，我在"罗辑思维"的公众号里，看到了罗振宇的一分钟演说。他讲到，在很多人眼里，百万富翁的生活是这样的：每天晚上端一杯高端红酒，在一个超大落地窗的客厅里，悠闲地靠着沙发，或者站在窗前，一边晃动着手里的红酒，一边享受着美妙的音乐。

但真是这样吗？他说如果真是这样，那么百万富翁的日子也就没几天过了。真正的百万富翁，他一定比一般收入者要忙得多。从某种意义上说，百万富翁不过是换了一种方式遭罪。但是，当你成为百万富翁的时候，你看到的人生风景是不一样的。

生活中，我们大多数人都特别希望自己能成为百万富翁，但是并不清楚如何成为百万富翁。如果知道如何成为百万富翁，也未必想要付出百分的努力。

由此，我想到了老师的这个职业。我们看到名师的样子，很羡慕他们的课堂能力和精彩的演讲能力。按理说，羡慕就会向往。但是，真正的名师，就是跟百万富翁一样的忙碌。一分付出，一分成长。用魏老师的话说，每一个优秀的人的优秀，都是一次次优秀的叠加。

看过很多名师的成长故事，都知道名师的成长都是有套路的。无非就是上课，上各种公开课；读书，读丰富的专业和非专业的书；写作，写大量的教育故事。如此，持续五到十年，就能够在当地小有名气。然后，就会不断地遇见贵人。在贵人的帮助下，人生的道路从此改变。接下来，所遇到的人，所经历的事，都会与以往大不一样。因为名师已经站在了"百万富翁"的道路上了。

想当年，我也曾经多么希望能够成为名师。说实话，当初只是一味地想而已，并没有付出实际行动。因此，我也就成不了名师。后来，当我真正意识到学习的时候，自己已经转向了管理。而此时的我，离名师梦就更远了。

当然，我现在可以追求"百万富翁"校长。而实际上，我也是这么做的。不管是名师还是校长，成为"百万富翁"的路都是一样的。因此，我正在这条路上不断地努力，也不断地有所收获。尽管还没有成为"百万富翁"的样子，但是我已经有了那样的方向。

当校长第八年，这一路的艰辛都已经成为过去。我已经发现自己现在所讲的每一句话，都比八年前有进步。我相信再过八年，那时的我又比现在有更多的成长。这样的道路少有人走，但是这样的道路风景很美。而且，只有行走在这条道路上的人，才能体会其中的乐趣。

作为校长，我自己的亲身经历，我自己的点滴收获，都非常愿意与诸位分享。作为校长，我理应找到前进的方向，并给大家明示，还要创造各种机会让大家向着这个方向努力。

每一个人都可以成为"百万富翁"，每一个人都应该追求自己心目中的"百万富翁"，因为站在那样的高度，所看到的世界会更精彩！时常端着高级红酒在落地玻璃窗前晃的人，不是百万富翁。真正的百万富翁，一定是在"忙路"上奔跑的。

尼采说，每一个不曾起舞的日子，都是对生命的辜负。我们赤裸裸地来到这个世界上，不就是来寻找和体验生命的精彩旅程吗？作为教师，成为一种"百万富翁"教师，就是一趟精彩之旅。

祝各位早日成为"百万富翁"！

与大家同行　周国平

2022 年 11 月 6 日

外出培训到底学什么

尊敬的各位老师：

大家好！

我曾经写过一篇《如何听讲座》的文章，跟本文主题相似。但是，最近我看到很多老师在参加了培训之后，赞叹某老师、某特级教师的高超教学技艺。看来，各位已对大咖们的教学技艺心向往之了。这又让我有了一些想法，想跟大家聊聊。

外出培训学习到底学习什么？

一般来说，外出学习无非就是学习先进的教育理念，学习精湛的教学艺术和管理方法。有一年，我听了王崧舟老师的课，对他非常崇拜。回来之后，立马将他的课堂实录转换成自己的教学实践。当然，很难上出王老师的那种感觉。又如我们去丽水班主任培训学习一样，大家更加在意的是应老师用了哪些方法来管理班级。培训回来之后，我们马上把这些方法拿来尝试。结果没过几天，就不想再用了。因为好像没有应老师说得那样神奇有效。

对，我们都以为这些大咖们教学方法特别厉害，班级管理经验特别丰富，所以课就上得好，班级就带得好。这样的理解并不正确，因为我们没有看到事情的本质。

不管是上课还是讲座，大咖们一定会把最好的表现呈现给大家。而实际上，他们也同样和我们一样面临着平日的琐碎和繁杂。他们面对这些琐碎和繁杂，是如何去解决的？是怨妇似的抱怨？还是想办法去解决？一位特级教师上课上得那么精彩，就是因为他平时不断地学习、研究和实践积累出来的。他对课堂是热爱的。一位优秀班主任讲述自己的管理经验时娓娓道来，也源于他平时不断地学习、研究和实践积累。他对班级是热爱的。

一个热爱教学和热爱班级的老师，是一定会找到自己的方法的。因为他们会不断地想办法解决问题。

因此，我们外出培训学习，更需要学习的是特级教师平时如何做、如何研究、如何学习的，而不是他所呈现的某一个技巧。我们更需要学习的是管理高手是如何管理自己，又是怎样热爱班级的，而不是他所讲的某一个方法。我们甚至更需要学习的是他们是如何作息的。

我所了解到的特别有成就的人，都有一个共同的作息时间表。那就是早晨，他们都起得很早。这是一个非常重要的细节，有了早晨就有了大量的时间。苏霍姆林斯基在他给儿子的大学生十五条戒律中，就提到了早晨一定要在6点左右开始工作。魏老师也讲自己长期在早晨的时间中受益。

除了早晨，他们还会利用整块的时间。我知道很多优秀的老师都经常会利用寒暑假，集中时间让自己沉浸于某一项研究中。王崧舟老师有时为了备一节课，会把自己关在办公室里一两个月。可想而知，唯有热爱的人，才肯下这样的功夫。也只有肯下功夫的人，才会有台上的精彩。这就是"台上一分钟，台下十年功"的道理。

那么，我们外出学习究竟要学什么？当然，那些技巧的东西不是不能学，它们也是可以学，而且可以大学特学的。只不过，我想强调的是，我们更应该学的是其背后的东西。或者说，我们首先应该学习的是这些技术背后的东西。因为只有背后的学习到位了，台前的技巧才会让你发挥得淋漓尽致。

否则，我们学得越多，越会失去学习的兴趣。因为每一次学习，回来之后都不能在实践中体验到成功。久而久之，在我们的脑子里就会建立一种模式，因为他们是大咖（或者说他们的学生好），我们是"平民百姓"（或者说我们的学生基础差），所以我们用不起来。

祝各位工作愉快！

与大家同行　周国平

2022 年 11 月 20 日

如何参加会议才是正确的

——关于如何开会给老师们的一封信

尊敬的各位老师：

大家好！

曾经写过两篇关于"开会"的文章，一篇发表在《中国教师报》上，一篇发表在《教师博览》上。

我发现这两篇都是写会议的组织者，思考如何开会让老师们更有收获的问题，而没有涉及作为被参会者的老师应该如何去开会的问题。近期，我对开会又有了一些感想，于是趁热打铁再来写一篇。

时光倒退三十年，我上小学时，因为是大队长，所以与老师们接触比较多。学校的广播室就设在教师会议室里，所以我经常有机会到会议室，偶尔也会碰到老师们开会。我记得，那时每个星期一下午就是老师们的一周例会。说实话，自小就特别羡慕有会开的人，当时认为他们都是有单位的人，都是知识分子。

那时，我住在外婆家。我舅舅在政府工作，单位会发那种黄色牛皮纸封面的会议记录本。我经常把舅舅用过的会议记录本撕去已写的页面，作为自己的笔记本，感觉很神气。到了自己参加工作那会儿，报到的第一天，学校就发了黑色的笔记本。尽管一所学校只有九位老师，开会场地也仅是在办公室，但是我依然很认真地记录着各项事情。

后来，到了中心校。每一个学期最后一个会议，校长要求所有的老师要上交这本黑色的笔记本。学期总结会一结束，大家就会主动留下笔记本。原来，每一个人上交了笔记本，就可以领到一百或两百元的现金。翻开每一个老师的笔记本，都能看见他们密密麻麻地写满了会议记录。而且，大多数老师都写得端端正正，对于现在的老师来说，简直可以当作书法作品用了。

大概你已经明白了，我要表达的第一个观点，就是开会要带笔记本。这是学习态度和能力的体现。当然，现在有很多人都喜欢用手机来记录，但我还是不建议使用手机。首先手机记录，会让别人产生不认真的误解；其次，很多时候手机拿在手上，确实认真不起来。如果你真的不喜欢手写，建议带笔记本电脑，这样显得更加专业，查找资料也更为方便。

别小看了认真做笔记这件小事，它将会塑造一个认真的老师。长期保持这种姿势，就是一种自我学习态度的构建。用专业的话来讲，是始终让自己保持一种紧张感。用通俗的话来讲，就是"哪怕是装着认真，装久了，也会真的成为认真的人"。

第二个观点，不能只带着笔记本去开会。不知道大家有没有发现，我开会时会有两个笔记本，而且还有一本书。其实，在我们自己学校开会，基本是用不着的。但我仍然带着，这已经成为习惯了。为什么要这样呢？

我就是怕万一。万一会议的组织者，把它开成了无趣、无料，而且又冗长的会议，那这时我们所带的装备，就可以派上用场了。或抄写，或阅读，就成为另一种学习模式。这种会议确实经常会碰到，我看到的大多数情景是这样的：台上的只管讲自己的，台下的也只管玩自己的手机。大家坐在一起，无非就是集体浪费时间。会议时间长了，大家彼此互相抱怨。

这时，如果我们拿出笔记本，抄一抄、写一写，偶尔抬头看一看，这既是对台上发言人的尊重，也是敬畏自己的时间。更重要的是，我们在这个过程中，不知不觉间就会度过一个充实的半天。甚至，你可能还会觉得平时都没有这么专注过呢。

同样的会议，不一样的参与，会有不一样的结果。

与大家同行　周国平

2022 年 12 月 14 日

在孩子眼里，职称算什么

尊敬的各位老师：

大家好！

请问，师德可以培训吗？从某种角度来讲，师德是培训不了的。但是，实际上师德又是需要培训的。因为优秀的老师需要被看见，需要成为他人的榜样。同时，有些不可以做的事情，是有必要通过一些案例，让大家警醒的。

上周三，我参加了市里的一个培训。知名媒体人叶丰老师给我们讲师德，引起了我对好老师的思考。

他在现场问了几个校长，自己一生中印象最深的老师有怎样的品质。大家的回答都离不开早到、关心学生等。但是大家从来不知道老师的学历是什么、职称是什么。叶丰老师在总结中，说了这样一番话：学历、职称在孩子的眼里算什么，什么都不是。的确是这样，对于孩子来说，老师是一个活生生的人，是一个有血有肉、有灵魂的人，而不是一本本证书的组合体。

但是，实际上我们对这些身外之物，看得比人本身更为重要。

就如《小王子》中大人和孩子的区别一样，大人讲的是价格，孩子讲的是价值。一个老师有了高职称的光环，有了高学历的资本，自然就有了不菲的价格。但是，不一定有很高的价值。

春江水暖鸭先知，老师好不好学生最先知道。

对于学生而言，我们有没有真正走进他们，他们是可以感觉到的。我们的教学是否认真，我们带班是否用心，他们完全都可以感受到。到了高年级，如果老师上课不认真，会有一部分学生敢于表达出来。或者说，只要我们好好地问一问，他们是可以回答出一个好老师的标准来的。

好老师不是职称和学历的成果，那么，好老师应该和什么有关系呢？

首先，好老师在学生身上所花的时间一定是多的。 好老师，总是喜欢与学生在一起。这近乎是好老师的一种本能。比如我们学校没有要求老师午间坐班管理，但实际上每一个班级里都是有老师在管理的，甚至会有两个老师同时出现。因为好老师，希望学生能够高质量地完成学业学习。

其次，好老师应该是热爱学习的。 一个好老师，应该是对学习充满激情的。因为只有自己对学习充满激情，才能激发学生对学习的热情。他们不仅热爱自己学科方面的业务学习，还热爱对其他领域的探究，最终成为一个知识渊博的老师。老师的视界，就是学生的世界。好老师是会通过更广博的知识，引导学生跨进学习的大门的。

最后，好老师应该会看到孩子的终身成长。 一般老师，只看到眼前的学生成绩；而好老师会看到孩子的未来。不管环境如何恶劣，好老师都知道孩子除了分数之外，还需要品德和能力。因此，他们更注重孩子品行的培养，更注重孩子能力的提升。他们不会人云亦云，不会盲目跟风；他们会独立思考，会有自己的建设性行为。

好老师的确不是证书堆砌起来的，但现实中我们又会强调各种证书的作用。真是让人疑惑不解！不管怎样，我们都应该要好好思考什么样的老师才是学生心目中的好老师。以上只是我的些许思考，其实我们不妨问问学生。或许，会有不一样的答案。

但是有一点是可以肯定的，那就是我们的证书和学历，在孩子那里是分文不值的。

谨以此文，与大家共勉！

祝各位工作愉快！

与大家同行　周国平

2023 年 3 月 13 日

"平常课"才是真功夫

尊敬的各位老师：

大家好！

"五一"小长假，一定让各位体验到了旅途的个中滋味。我估计突然让大家回归工作，似乎还有一些不习惯。

下午，我从一个个课堂走过，不管是室内的科学课，还是操场的体育课，老师们都很有精气神。看来，我是多虑了。

我特别认同这个观点：一所学校应该要有朗朗的读书声，应该要有加油的呐喊声，应该要有悠扬的琴声，还应该要有爽朗的欢笑声。所有的这些声音，都应该是老师们和学生们创造出来的。走进这样的校园，我们会心头一震：这才是校园的样子嘛。

一所学校，每天所呈现的状态，就是这所学校对办学品质的追求。

上周，我们迎来了"未来教育"窗口学校的评估验收。我们把所有的课程和学习场景，进行模拟。看到这个场景，我不禁有些小感动。的确，这么多年来，我们一起做了不少事情。

现在，评估验收虽然结束了，但是我觉得这样的场景学习才刚开始。所有的这些场景学习，都不能只是一种表演，而应该是一种日常状态。

这个学期，我们增加了图书管理员，以期更好地发挥图书馆的功能。我发现，去图书馆的孩子多起来了，从图书馆里借书的孩子也多起来了。

每每看到这个画面，都感觉特别温暖。是的，学校里的每一个空间，都应该要为学生正常开放。

由此，我想到了这封信的主题——"平常课"才是真功夫。这里所指的"平常课"，可以是课，也可以不是课。

能够影响学生的不是一堂课，而是一堂堂课，是长年累月学习的结果。落实在具体的教学行为中，就是平常的备课、上课和批改作业等各个琐碎的环节。

这些环节都是可以看得见，而且是实实在在的事情。尤其是批改作业，是跟进学生学习非常重要的环节。批改得及时与否，对学生而言效果自然是不一样的。

除了这些看得见的实实在在的事情之外，还有许多看不见的东西。而这种东西恰恰是最重要的东西。正如《小王子》中所说的，最重要的东西往往是看不见的。

那么这究竟是什么东西呢？那就是老师对这门学科的热爱，对教育的热爱。这种东西，不能光靠一节课就让学生感受到，而是靠着一堂堂课，学生在与老师的相处中，用心慢慢感受出来的。

一个老师，可以上不好公开课，但是不能上不好"平常课"。或者说，上好"平常课"就应该是我们老师一生的职业追求。一堂公开课可以修饰，一次检查评估可以训练，但是"平常课"才见真功夫。

与各位共勉！

与大家同行　周国平

2023 年 5 月 4 日

专注是一种优秀的习惯

——假期里给老师们的一封信

尊敬的各位老师：

大家好！

很多年前，一次学校组织去南京听课。上课的都是名师，入场券一票难求。当天场馆内座无虚席，坐满了从全国各地赶来听课的老师。还有一些老师带来了价格昂贵的摄像机现场拍摄录制。与其说是听课，还不如说是欣赏课堂艺术。

课真是好听，那时的我也总喜欢听完课之后，拿着听课笔记回来模仿上课。

一次，坐在我旁边的两位女老师一直在聊天，而且声音还不小。坐在我前面的一位年轻女老师，不时转过头看看她们俩，意思是你们还没有讲完吗？可是，这两位老师一直不明白前面这位女老师的意思，仍然声情并茂地聊着天。

说实话，我当时也有听课时随意说话的习惯。但是看到这个场面，我就在想，花了不少精力搞到一张门票，结果两个人却坐在一起聊天，这不仅妨碍了别人听课，还浪费了单位的钱。这对于我来说，就是一次教育。

另外，从公众场合文明礼仪来说，做到安静听课也是教师的必备修养。

但实际上许多人很难做到这一点。我曾经写过一篇关于在动车上每个人都把手机音量放出来看视频的文章。很多人读后都有同感，认为如果真这样的话，在动车上想安静地看书或者睡觉都是个问题。

而对于学校的老师来说，我们经常会去听其他老师的课。这个时候，也是老师们容易讲悄悄话的时候。

之前提到的两位到南京听课的老师，两个人在一起聊天时，完全沉浸在自己的消遣世界里。当众老师听课听得哈哈大笑时，他们完全不知道课堂上发生了什么事情。当我们自己在学校里一边听课一边聊天时，我们也会发现这时自己连听课记录也写不下来了。我自己就有这样的经验，如果听课时稍有不认真，就很容易忽视这堂课的某些细节。在参加听评课环节时，就不知怎么点评和讨论了。

所以，我为了让自己听课时能够保持专注，会有意识地对课堂细节进行点评，并且在旁边进行记录。这个习惯我是从别人那里学来的。一些高手听课，总是带着任务去的。不管什么样的课，他总要听出这堂课的三个优点并提出自己的一两个想法。这样一来，我们在听课时，就会保持专注和思考。

这样看来，从听课的专业角度看，我们老师为什么不专注，没有任务很可能是其中的一个原因。一些老师只知道要来听一堂课，这是学校的任务。他们没有内在生长的需求，自然不会想到该如何听课，或者说可以从别人身上学点什么。领导让我来，我就来了；听完了，我就回家。我想这就是一般老师的心理状态。

因此，学校在听课制度上还要进行改进，要让每一个老师养成习惯——带着任务去听课。而且这个习惯，需要长期的检查反馈训练，才能让老师们养成。我知道这有点难，但是一旦养成这种习惯，对于老师的成长就太有帮助了。

或许，有人会说平时的公开课没有什么质量，听得昏昏欲睡。其实，这正是因为没有任务驱动，没有思考，才会让你昏昏欲睡的。

专注，真的是一种优秀的习惯。

祝各位学习愉快！

与大家同行　周国平

2022 年 8 月 24 日

让敏感度温暖教育现场

尊敬的各位老师：

大家好！

上周，致朴公益基金会的几位老师入校调研。他们听到了下课铃声，立即就给我反馈，说我们的铃声太响了。我突然特别有共鸣，因为就在前一天，我还就铃声音量问题，与张跃和祥平老师聊过此事。随后祥平老师已经将铃声音量调为 25% 了。可是，今天下课铃怎么突然又高起来了呢？

此处，重点不是写如何调音量的问题，而是想告诉大家作为致朴公益基金会的工作人员，他们对音乐有着这样一份敏感。而这一份敏感，正是我们每一个老师需要的。

恰巧，前些天我和陆壹老师也有过这样一个对话，大致内容是我现在带班授课时，似乎已经对一些东西不敏感了。最近我发现，有些老师很容易因为学生作业没有完成等各种问题而生气甚至大吼。更糟糕的是，我自己有时候也会这样，总是压制不住自己的火气。从而导致我对老师们的情绪表现，没有了原来的那种敏感度。

过去，我会经常把大家的这种表现拿到会议上进行讨论。通过讨论，老师们会警醒自己的行为，会意识到和学生关系的重要性，也会意识到自己发火的行为没有任何意义。

那么，为什么会这样呢？对于我来说，可能是自己陷入了一个班级，让自己无法抽身。久而久之，就变成了情绪中的人。

读到这里，老师们可能会想，看来校长自己也是这样，面对班级也会失控。是的，我觉得面对具体情境，会产生情绪是正常的。我们需要的是有人提醒、有人帮助，帮助我们走出这种困境。于是，类似于之前那样的讨论，就显得特别重要。因为有的老师在面对同样的问题时，他很有经验。我们可以从他们身上，学到一些解决问题的思路。同时，通过集体的讨论，会形成一种校园文化。

其实，这样的讨论，是希望帮助大家形成一定的敏感度，而不是看看身边的老师都这样，于是我也这样。

有些老师对我说，他们就没有这样的敏感度，怎么样才能训练出这样的敏感度呢？阅读和写作是一种方式。其实，无非就是多读、多看，再加上经常性的表达。因为表达而去思考，思考就会觉察。事情不能总是默认就是这样的，而应该多想想为什么要这样，为什么会这样？

在我们的教育教学现场，有很多的现象是可以被大家觉察的。比如上周五一个公益机构来帮我们做"拒绝车窗抛物"的活动，安排我讲话，而且安排我坐在第一排。我就会敏锐地觉察，我为什么要坐在第一排，坐在第一排会阻挡学生的视线。

再比如前段时间，有的班级的第一排学生桌，已经靠到了距离黑板很近的地方；有的班级偶尔出现单独一人桌坐在讲台边；还有我们常用的罚抄多少遍等类似的现象，我们是否有所觉察、有所思考？

如果我们经常对这些问题加以觉察和思考，我们的敏感度自然就会增强。当然，我们的教育也会因为敏感度的提高而变得更加温和与美好。

与诸位共勉。

与大家同行　周国平

2023 年 10 月 24 日

第八章

阅读与写作是教师的生活方式

YUEDU YU XIEZUO

SHI JIAOSHI DE

SHENGHUO FANGSHI

阅读与写作是教师应该有的生活方式。

　　每一个老师家里都应该有一个书房。即使住房很紧张，也应该要有一张能供自己经常伏案的书桌。我想这可以算是老师这个职业的一种身份象征了吧。反过来，一个老师家里如果没有书，是不是觉得很奇怪？

　　教师要读书，要广泛阅读书籍，要在学生心目中觉得老师就是喜欢读书的人。我努力想要成为这样的人。正在读书的各位，是否也是如此？

我为什么如此热衷让老师发表文章

尊敬的各位老师：

大家好！

昨天是中秋节，大家一定都忙着团圆欢聚。我想潘丰洁老师更是多了一分快乐，因为她有意外之喜——文章发表。

这两年，我更加重视老师和学生的文章发表。有意思的是，前年我定下了学生发表十篇文章的目标。结果，这个目标很快就实现了，而且超额完成。后来，我拉了一个群来鼓动老师们发表文章。没想到的是，老师们在写作方面很难有进展。直到后来，有了会前演讲，老师们的写作反而有了质量上的提升。

这是什么原因呢？

我想原因可能有以下几个方面：一是特意让老师们写投稿的文章，他们不知道方向，无从下手；二是老师们就算有了投稿的主题，但是发现自己身上根本没有类似主题的内容可写；三是老师们对投稿还有望而生畏之感，认为投稿这件事自己还不够格。

只要有了这样的顾虑，老师们的写作动机就会降低很多。周前例会演讲，会促使老师们绞尽脑汁地去想自己所做的事情。这便有了动力。把自己做的事情，通过文字和语言表达出来，就是非常好的一次提炼和总结。一不小心，这样的文稿就可以成为一篇很好的投稿文章。

所以，给自己一个任务，让自己关注一下自己做的事情，是可以写出好文章来的。

回到这封信的主题上来，我为什么要鼓励老师们发表文章呢？

我经常对大家讲要忙有所获。自己做了那么多事情，为什么不把它当成作品呈现呢？学校里有很多事情都是需要我们去做的。我们有两种选择：一种是一边做一边抱怨；一种是一边做一边将所做的故事写下来。后一种其实就是一种草根研究的方式。事情总归是要做的，可是转换一下思路，我们做起来就有意思了。我希望每一个老师都可以将自己的故事写出，但首先并不是为了发表。

那天，李绕芝老师讲述她暑期在班级推行阅读打卡的事情。很多家长根本不配合，打卡的总是那么几个学生。她觉得这件事情不值得去做，结果孙一欣的妈妈发来信息告诉她，感谢老师推行的暑期阅读打卡，让她的女儿读了 31 本书。她听到这个消息，突然觉得这件事情原来还是那么有价值的。类似这种小事，我们都应该把它记录下来。很多事情，当你记录下来之后，会变得不一样。这点大部分不写作的老师是体会不到的。

记录多了，对许多事情就会更加敏感。你在键盘上敲下的每一个字，都会变得灵动起来。你写的每一篇文章都将成为你每一次行动之后的一个作品。你的作品越多，你的行动力就越强。

如此，遇到合适的机会，你写的文章自然就可以发表了。

我鼓励老师们发表文章，还有一个原因是希望能让老师们找到教育的意义。这种意义的体现一方面是在自己完成一个作品之后的意义感，另一方面是自己的文章可以被他人认可与传播。通过文章的发表，我们会更加肯定自己的教育行为。

然而，每一次的文章发表，都会促进老师们继续写下去。这才是我的最终目标。因为我知道老师的专业成长是离不开教育写作的，而让老师们坚持写下去，是需要一些额外的奖赏的。

两年来，已经有一部分老师品尝到了文章发表的乐趣。我希望有更多的老师坚持发表文章。大家要相信，发表文章并不是别人的专属，我们也可以的。

愿大家都有自己的作品！

与大家同行　周国平

2021 年 9 月 22 日

这周送给大家五个字

尊敬的各位老师：

大家好！

前段时间，我在公众号"罗辑思维"上看到了一个说法，说一个上进的人，有几条悄悄超越别人的捷径，叫"早冥读写跑"。当时，我就和几个老师聊过这个话题。他们一听说这五个字，就能理解其中的意思。早，就是早起；冥，就是冥想和思考；读，就是阅读；写，就是写作；跑，当然是跑步。

看来，这个成长捷径是大家所认可的。对于这五个字，我也有很深的体会，于是就想借着"一周一封信"与大家交流自己的想法。

早起，这对很多人来说是很难克服的问题，因为晚睡是他们的标配。因此，对于许多人来说早睡早起需要重新建立生物钟。国庆期间，虽然没有公务在身，但与同事、朋友聚会也花了很多时间，可是我仍然写了四篇文章。我与众人在一起时，你会发现我很忙碌，做这个做那个，哪有时间写作呀。

　　国庆第一天，我发了一篇文章，就有人在我的"朋友圈"里留言：当我还在梦中时，周校长已经发公众号文章了。其实，与朋友们见面也一样。当我们碰面时，我的文章已经写完了。就算是六点起床，到八点也还有两个小时。而此时，如果是休息日大家可能还没起床。所以，因为早起，我一天中比别人多了两个小时。

　　冥想，是与自己的对话。这其实就是思考的过程。很多人只知道忙碌，很少去思考为什么。我思故我在，如果不思考，很多事情做起来就缺乏了意义。

　　作为老师，应该保持思考的习惯，经常让自己"发发呆"，让自己处在冥想过程中。就先不说能够思考出什么，它也会使你心情平静。然而，大多数的冥想，都会给你带来意想不到的灵感。我们办学中的很多创意，就是这么来的。不管人们从事什么工作，其实都需要一些创意。由此看来，冥想和思考特别重要，我们不仅自己要学会，还要让我们的学生也有这样的冥想机会。

　　读，当然是很重要的。我们平时已经讲过很多，所以就不展开讨论了。不管怎样，读起来就对了。

　　写，这是读之后的必然过程。如果没有写，我们的读可能就达不到它所应有的作用。我发现让老师写作，跟让学生写日记是一样的。学生经常说没有东西可写，老师也是如此。

　　为什么会这样呢？

　　因为我们写得太少，所以没有完成写作自动化。这个自动化其实应该要在小学阶段就完成的。可是，我们并没有养成这个习惯。因此，对于很多老师来说，首先就是要解决写作自动化的问题。

我们经常听人说，会干的不如会写的，会写的不如会讲的。当人们讲这番话时，可能有点讽刺的味道。实际上，不管在什么样的单位，会写与会讲都是一个优势技能。因为写和讲是很重要的一种工作能力。

在我们的工作中，可以写的东西太多了。如果真觉得没有东西写的老师，不妨请您再次从我的公众号里找到《插班生林可树》这篇文章来读一读。

跑，自然关乎身体健康。身体是革命的本钱。昨天，我在看"共和国勋章"获得者于敏的影片。这是一部讲述氢弹从无到有，科学家们不畏艰辛、无私奉献、勇于探索的影片。在招新人时，他们设计了一个体能测试。因为氢弹的研究经常需要加班熬夜，没有很好的身体是无法胜任的。

现在的问题是我们都动得太少，当然这是社会发展带来的问题。扫地有机器，洗碗有机器，买东西有快递，上楼有电梯，过去不得不付出的体力劳动（运动）现在已经不需要了。

这样一来，就更加考验我们的毅力。我们经常说要健康，就要迈开腿、管好嘴。实际上我们做得并不好。原来，我们和学生一起跳绳，跳着跳着，很多老师就坚持不了了。大家如果有什么好的点子，可以一起来探讨。

虽然只有五个字，但是做起来却是非常困难的。

优秀的人往往在这五个字上，都有自己的故事。这五个字，就是我们走向优秀的捷径。

与大家共勉！

祝大家工作顺利！

与大家同行　周国平

2021 年 10 月 11 日

如何看进去一本书

尊敬的各位老师：

大家好！

本周再来和大家谈谈读书的问题，其实这个主题我既是跟老师交流，也是希望老师们能够去和学生谈谈。

很多人都有这样的经历，一拿起书不知道从何看起，随便翻一下总是难以进入读书的状态。或者，睡前一拿起书，原本还不想睡觉的人，一下子就昏昏欲睡了。于是乎，很多人就将自己定位为我不喜欢读书。

然后，很多人就用"我不喜欢读书"为由，拒绝去看书。

但是，作为老师拒绝去看书，真的让人无法理解。教书的人，一个整天与书打交道的人，却不看书，这是多么大的讽刺。所以，无论如何我们也要读书。

昨天，一位老同事发来信息告诉我，她现在正在阅读原来在碧山小学集善书社发的苏霍姆林斯基的《给教师的建议》一书。她还告诉我幸好这本书当时没有扔掉，尽管当时觉得非常无趣。

但是现在读起来，感觉挺好。

其实，这位老师是一位很喜欢阅读的老师。但是很少或者说几乎就没有涉猎教育方面的书籍。所以，当这样一本书在她手上时，她也是无动于衷的。她曾经就说自己不喜欢阅读教育类书籍。

由此，我想到了大家还得重新认识读书的必要性。专业的读书就像大多数服装设计师一样，需要大量阅读他人的作品，以此来丰富自己的想象力。可以说没有专业阅读，就没有我们的专业性。

如果其他书都不读，那么你有没有阅读自己学科的专业杂志？比如小学语文老师有没有读《小学语文老师》；小学数学老师有没有读《小学数学老师》。这样的阅读是非常必要的，因为它能让你了解当下学科的走向，知道同样一节课，别人的教学设计是可以那样的精彩的。它也能让你明白有一些课堂实践，还可以这样去反思和记录，并且可以让自己成为文章的作者。

最近，我也一直在读《小学语文教师》。我采用的是听课的方式来阅读，一边阅读书里面的"教学设计"或者"课堂实录"，一边就在自己的听课本上进行记录。这样一来，可以达到一举多得的效果。这样阅读多了，就会慢慢走进更加专业的阅读。

有了专业的阅读，我们还要增加阅读的丰富性。阅读人文社科类和文学类的小说都可以成为我们休闲的一种方式。比如阅读《平凡的世界》时，你会像看电视剧一样迫不及待地往下看。阅读史铁生的《我与地坛》时，你会跟随着他的文字，一起感受他的生活，特别有力量。你在看野夫的《乡关何处》时，真是会让你泪流满面。

这些阅读，不会像专业阅读那么无趣和枯燥。只需要我们把自己的娱乐方式调整一下即可。这样的阅读本身就是一种非常高雅的娱乐方式。晚上或者周末早晨，温暖的灯光下或者是几缕阳光爬进书房的美好时刻，你手捧一本书，这样的画面不觉得很美吗？你徜徉在文字的世界里，这不就是一种享受吗？

当然，会有很多老师告诉我，回家要做饭、洗衣服，还要拖地，哪来的时间？一般来说，做完这些事情之后，大多数人会选择躺在沙发或者床上看手机。那能不能换一种放松方式呢？当做完这些杂事，然后泡一杯自己喜欢的茶或者咖啡，再来一本书犒劳自己。我是经常有这样的体验的，拖完地，再弄弄花草，然后整理书桌，最后泡茶看书。这样的程序改变，会让你感觉到前面的辛苦都是价值的。

其实是否愿意读书，很大程度上取决于你把看书当成任务还是当成奖赏。当我们把它当成奖赏时，它就会变得很美好。

最后，还要让自己读得有成就感。那就是选择一本比较好读的书，让自己坚持读完。当自己可以完整地读完一本又一本书时，我们对读书就会有了成就感。大家如果不知道读什么，我还是推荐大家去读儿童文学作品。比如科幻类的《海底两万里》，国际大家小说《克拉拉的箱子》等。

这类书我们的教室里都有，读完还可以和学生一起交流。

希望大家能从读进去一本书开始，然后向一本本书走去。

祝各位阅读愉快！

与大家同行　周国平

2021 年 11 月 16 日

我们如何读完一本书

尊敬的各位老师：

大家好！

一直以来，我们就把读书当成最重要的事情来做，而且也做了一些事情，有了一些成果。这种成果表现在大部分学生手里都有一本课外读物，每一个老师手里都有一本必读书，每一个教研组都有自己的共读活动，大部分老师家里都有了一些藏书。

再怎么推动阅读都不为过，这是我们之前一贯的观点。魏老师更是说，一所学校尤其是农村学校，应该要把阅读当成学校的重要战略来做。阅读之所以对于农村学生来说特别重要，是因为他们所处的环境导致的。但对于老师来说，阅读的重要性可能没有被显现出来。因为长期以来，老师不读书完全是可以教"好"书的。甚至，有的爱读书的老师还不如不读书的老师教得好。

那么，对于我们学校的老师而言，关于阅读的重要性应该不必再谈。第一周，语文教研组组长潘丰洁老师拿来联盟校推出的书单，问我这个学期语文组该读什么样的书？我一看，就跟她说这些书估计有点难度。比如叶嘉莹先生的《唐宋词十七讲》，再比如孙绍振先生的《文学性讲演录》等。不瞒大家，过去我在读两位先生的书时，都有读不下去的念头。这些书我在读的时候很困难，所以断断续续、潦潦草草地过了一遍。但是又总听人说他们的书有多好，于是我又再次拿起来读。过去曾经画过的一些线和批注证明我的确是看过的，但是脑子里一点印象都没有，我甚至怀疑有没有读过这本书。然而，下定决心再次去读这本书时，越读就越发觉得太值得一读。

为什么要讲我读书的事情呢？就是希望老师们要有一定的心理准备，读这些书可能没有那么容易一下子进入状态。但是，这个过程是必须的，否则就仍然是平地里打转，没有走出去。所谓的苦读，可能讲的就是这个状态。有的书就是需要读第二遍时才有感觉的，就像我前面的读书经历一样。有的书，自己可能读不懂，但经过别人讲解一下子就懂了。

我们曾经花了一个学期，一起读了苏霍姆林斯基的《给教师的建议》。为此，我还写了 20 篇读书体会。最近，魏老师在钉钉群里又开始了共读活动。每一次听，我都像上瘾了一样，百听不厌。我强烈建议大家一定要像看电视剧一样，一集一集地跟着魏老师再读一遍。

因为《给教师的建议》这本书对于我们老师来说特别重要，他里面所提到的教育理念和教育实践，都是我们现在所未能达到的状态。尽管我们动不动就提到教育家苏霍姆林斯基。

这个学期，我们更加重视学生阅读，通过时间作息表来调整学生在校期间的阅读量。我们希望通过这样的时间设置，保证学生有时间读书。但是，我也发现一些问题。

一部分学生读书的时候，会偷偷讲话。在学生还没有进入阅读自动化时，只要有学生讲话，其他学生就很容易分心，无法进入状态。一些学生看书时没有做到有始有终，随手拿一本书，看几页就不看了。下一次看书时，又拿起一本新书，如此往复学生就不能养成阅读习惯。

所以，我建议老师们自己克服困难读完一本书的同时，也要督促学生努力去读完一本书。特别是需要帮助的学生，我们一定要给予帮助，或给一个读书任务，或推荐一本好书，或与学生一起共读。我们做了这么多年的阅读，为什么成效不佳，就在于我们没有很好地落实每一个学生的阅读。

新学期，我们拥有了儿童课程，拥有了共读的团队，这必将提高我们师生阅读的质量和数量。接下来，我们还会对晨诵、对整本书共读进行深入推进和检查。希望我们全体师生都能够好好读完一本书，然后读完一本本书。

祝大家工作顺利！

与大家同行　周国平

2022 年 2 月 28 日

老师爱上发"朋友圈"会怎样呢？

尊敬的各位老师：

大家好！

上周与大家讨论的主题是教师写作的问题。其实，关于这个话题，过去我们也讨论过多次，算是老生常谈。只是，每一次讨论都有不一样的体悟。不同的时间，不同的心境，讨论同一个话题，所产生的效果是不一样的。

我希望能够越谈越深入，越谈越清晰。对于写作的问题，我强烈建议每一个老师都应该养成习惯。这应该是老师的基本功，最起码能够在书面上把一件事情表达清楚。

本周，我就想从写"朋友圈"入手，与大家继续谈论教师写作的问题。

据说，"朋友圈"是万能的，因此我想它也可以成为教师写作的一个工具。仔细想一下，它还真是一个非常好用的写作工具。

"朋友圈"可以发图文消息，也可以发纯文字消息；可以让"朋友圈"里的任何人阅读，也可以设置成给某些人看；可以作为永久性的记录，也可以及时删除和修改。而且，它的互动性很好，可以点赞和留言。最重要的是，它随时随地都可以发布消息。

如此好用，真应该别浪费了。

那么，怎么利用"朋友圈"来写作呢？

老师的"朋友圈"有着一个特殊关注的群体，那就是我们的家长。那么，我们何不把家长当成读者呢？

可能有的老师会觉得工作是工作，生活是生活。他索性就不发了，为什么要在家长面前亮出自己啊。这种心态是教师个人的自由，没有人可以强迫。但是，这样的心态，会阻止我们与家长的沟通和交流。

如果我们经常性地发几张学生的照片，再用三言两语来说说自己感受，那么家长会从我们的"朋友圈"中了解我们，并感受到我们的用心。

我们来做一个假设：一位老师"朋友圈"里只发自己的孩子，或者只发自己吃的、玩的；另一位老师"朋友圈"里除了发这些，还经常性地发班级里的学生故事。试想一下，两位老师如果成为你孩子的老师，你会更喜欢哪一位？

"朋友圈"是细节，越是细节的东西，越能被人所觉察。尤其是疫情背景下，家校互动的方式变成了线上，这样的沟通方式自然就没有面对面有温度。

从我们的"朋友圈"里看到的，就是家长所了解到的我们。我们更应该主动地去呈现、去表达，用"朋友圈"拉近家校的关系。

潘丰洁老师在"朋友圈"里发了一条长长的"长文挑战"的消息，还发了上台挑战的学生照片。我相信这样的文字，这样的图片是有力量的。它会让你取得家长的信任和支持，家长们会想，原来老师是这样用心做"长文挑战"的，我的孩子遇见潘老师是幸运的。

可能有的家长已经在潘老师的"朋友圈"里表达了自己的感受，也有可能有的家长不在"朋友圈"里留言，但是他的内心已经被你的文字感染了。这种"朋友圈"的家校互动力量是非常强的，这是长年累月积累起来的力量。

有了固定的读者群之后，只要你开始写就会有人阅读，而且你还会从中获得许多益处。

除了家长的这个群体之外，还有一个群体就是我们的同行。

除了发学生活动的"朋友圈"，我们还可以发教师活动的"朋友圈"，还可以将某篇文章转发到"朋友圈"。每一场活动，每一篇文章，用上一两句自己的语言来发一发，也会引来我们同行的留言和互动。这种互动，或许可以给你鼓励，或许可以给你意见，再或许还会给你惊喜！

当然，"朋友圈"还可以写一写你一天的工作回忆。上课、改作业等都可以记录，用一种美好的方式表达你的生命状态。不仅让自己感觉一天是充实的，而且是有意义的。

这样一来，你的"朋友圈"就会变得有趣起来。鲜花盛开，蝴蝶自来。自然就会有另外一些朋友被你吸引而来，这是何等奇妙！

　　老师们，"朋友圈"是你生命状态的投射。好好利用"朋友圈"，写起来吧。

　　祝大家工作愉快，爱上发"朋友圈"！

与大家同行　周国平

2022 年 4 月 19 日

当你写不出来时

尊敬的各位老师：

大家好！

这三天的假期虽然很短，但是天气这么好，一定足以放慢刚开学时紧张而忙碌的工作节奏。

读师范之前，我是那样地讨厌当老师。而现在，我是这样地喜欢当老师。寒暑假和周末的休息时间，是其中的一个原因。因为可以在这个时间，实现时间管理自由，可以旅游，可以读书等。

这样的节奏，是非常符合老师这个职业的。因为学生在学校集中学习一段时间后，是需要休息和调整的。否则，学生也会厌学。因此，学习与休息一定要保持一种节奏感，两者都不可以太过。

假期里，我在手机上重新安装了"简书"程序，我挨个看了老师们的书写近况，发现更新得很少。我知道一件事情停了很长时间，再去启动会有点困难。我明白这个道理，因此我会有意识地逼迫自己保持一种节奏感，不能长期停留在"空档"。

那么，我有没有写不出来的时候呢？其实，我也经常有面对着电脑屏幕，双手放在键盘上，而脑子一片空白的时候。每次遇到这种情况，我会选择离开电脑，去找一本书。很奇怪的是，读了一会儿书之后，我就有了想写的内容。这种灵感，有时候是来自书本身，有时候也来自书以外的东西。

这是一种很奇妙的感觉。

有人说，阅读与写作是一家人，书读多了，自然就想到写。或许就是这个道理吧。

阅读还应该要选择与当下的写作相关的内容为好。过去，我写论文就是这样，当不知道怎么写时，我就找来相关的书一本一本地翻。突然，我会发现书中的某一个片段与我平时的一些做法极为相似。有了这样的阅读和启发，写起来自然就容易多了。

从开始写信到现在，已经六七个年头了，说实话一件事能持续做这么久，也算是一件成功的小事情了。每一周写信的内容，也是颇考验人的。遇到没有东西可写的时候，也是很正常的事情。而这个时候，我的选择也是阅读。除了书本之外，"人民教育""罗辑思维""刘润"等公众号成为我阅读的另一种选择。这些公众号的文章与书本有一个不同的地方，就是他们的表达总是最时髦的，总是当下最热门的。

有时候，他们的一个观点，就可以激发我的写作灵感。"罗辑思维"和"刘润"两个公众号，虽然都不是面向教师群体的文章，但是人的成长逻辑是一样的。不管是商业圈还是文化圈，关于人的成长都是面向人性的。不同的领域，反而给彼此有更深的体会和思考。

这些信息，很多时候老师们不一定能够接收得到。我就相当于是一个知识的搬运工，把获取的知识重新加工，变成我们的教育语言转发给大家。

平时，我还有一种阅读——看电影。写不出来时，看电影这样的阅读也是很不错的选择。电影的直观性和故事性，是大家所容易接受的。好的电影，它的故事和主题，特别适合我们拿来写作。通过写作来带动对电影的深度阅读，不是一件很美的事吗？

总之，写不出来时，不要捶胸顿足，要学会通过阅读来输入。当写作成为习惯，它就会成为一种能力。

愿每一位老师都拥有这样的能力！

与大家同行　周国平

2022 年 9 月 13 日

写着放那里就会用

尊敬的各位老师：

大家好！

上周给老师们写了名为《当你写不出来时》的信，不知道有没有给到大家一些启发？

经常有老师问我我的文章写下来又发表不了，那还写什么呢？甚至，有的老师跟我吐槽：每一次写的征文或者论文去参加比赛，都是拿一个三等奖，感觉好没劲。

是的，如果我们付出的努力，始终得不到的回报，自己也会心灰意冷的。这种感觉每个人都有，但是我经常跟老师们说，我们的"写"不是为了获奖，更不是为了发表，而应该是记录自己生活的一种方式。阅读和写作应该成为我们的习惯。

一个编辑曾说，老师们经常说自己的文章发表不了，但是有没有想过自己一共写了多少篇文章？不要急于求成，不要看着其他人发表，自己除了感慨而没有行动。只要细心想想，你就会明白：别人的文章之所以被发表，自有被发表的道理。关于这个话题，我前面已经写过多封信讨论过，此处不展开。

而我今天是想告诉大家：只要你写起来放在那里，就会变得有用。有的老师，写文章是为了完成任务，写完了就扔掉了；有的老师写完文章不经意保存，随意存在电脑的某个角落里。总之是不珍惜自己所写的东西。我建议大家应该准备一个自己的写作区，要有一个专门的文件夹存放自己的作品。

第一个作用：存起来的文章，会让你成为"富翁"。 因为有了自己的作品文件夹，你就会更加有意识地去积累和存储。每看到文件夹里的文档增加一个，就会有一种收获感。经过多年的学校工作积累，如果你是一个有记录习惯的老师，应该会形成一个非常"富裕"的文件夹了。而这种"富裕"的感觉，会让你有继续写作的意愿。当自己写完 100 篇文章，再回头去看第一篇文章时，你会发现自己真的变得富有了。

第二个作用：存起来的文章，会成为你的回忆。 要知道，我们存起来的这些作品都是会有用的。说不定哪一天，它就能派上用场了。如果写的是学生的日记，当有一天你和学生一起聚会，就可以翻出来看看，自有一番滋味。如果写的是自己孩子的生活点滴，那自然是你的个人财富。哪怕是你随手写的各种随笔，在将来的某一刻也会被利用起来。这一点，我自己体会特别深刻，有不少需要上交的材料，我都是从文件夹里找出来的。

第三个作用：存起来的文章，会成为你的奖赏。 前段时间，我们发起了"百草园乡村学校联盟"活动，并举办了首场演讲会。

其中有两位老师的演讲稿，就发挥了它除了演讲之外的另外作用。一篇讲述家访的文章，被县里推荐到温州参评；一篇讲述音乐教育故事的文章，被某公众号推送传播。我敢肯定，他们自己一开始根本就没有想到过这个文稿还可以有这样的作用。

老师们，把你们写的东西存起来吧，一定会有用的。每一个老师都应该有自己的一个写作专属文件夹，可以为它起一个有特别意义的文件名。等存储量大时，再把文章按照书信、读书体会、总结和随笔等分门别类地存储。

如此，日复一日，年复一年，你的文件夹就会变得更有意义，你自然也就更珍惜你的文件夹。而放在里面的东西，就会变得越来越有用。

祝各位写得越来越多！

与大家同行　周国平

2022 年 9 月 18 日

为什么有些书需要常看呢

——教师会后给教师的一封信

尊敬的各位老师：

大家好！

前天教师会上，潘丰洁老师给我们分享的是《女巫一定得死》这本书。作为会前分享，自然没有很系统、很全面。但是，我听完后又有了重读这本书的冲动。

据同事们说，这本书现在已经绝版，他们买到的都是复印版。而且，他们说网上报价原版要四百多元一本。看来，我十几年前如果买个一百本，到现在也赚不少钱了。

开个玩笑，现在言归正传。

我看到潘老师的课件，立马就回忆起了这本书，而且从目录上就能够回忆起许多内容。这本书看了已经有近十年了吧？书里讲什么内容如果没有这一次的分享，我根本就不记得了。更糟糕的是，这些内容并没有留在我的语言世界里。也就是当时看过了，就只是看过了，并没有留下任何东西。

为什么会这样呢？因为一般情况下，我们的大脑对只见过一次的东西，不会有太深刻的印象。当然，非常特别的事情除外。

现在网上非常流行一句话"重要的事情说三遍"。为什么要说三遍呢？就是希望通过重复，来加深记忆。所以，很多好的书，是需要经常打开来翻一翻的。

现在想来，我自己读过的"阅读"主题的书还真不少，大致上有这么三类：一类是家庭教育讲阅读的，一类是办学校做阅读的，一类是教师带着学生做阅读的。我发现这些书存在重复的内容，但是不管我读哪一类书，都是在强化我对阅读的认识，也在强化我自己对阅读的兴趣，让我成为一名阅读爱好者。

正是因为看了这么多"阅读"的书，所以当老师们说起其中的哪一本，我都有印象而且就可以接上话；正是因为读了这么多的"阅读"的书，我才会对儿童阅读有了这样的认识；正是因为读了这么多"阅读"的书，所以我才会对学校阅读这么重视；因为经常阅读，已经成为我生命里的一部分了。

昨天下午与潘丰洁老师去湖岭送"阅读课"。路上，我们聊起了魏老师的《给教师的建议》共读课。她说，听魏老师的课是需要打起精神来，否则有些时候很难听懂。我说我不会，我听得很清晰，而且很有滋味。为什么会有这样的区别呢？

原因就是我对这本书比较熟悉，读过了好几遍。实际上，一开始我也读不懂，后来读完魏老师的《苏霍姆林斯基教育学》之后，又去读了一次《给教师的建议》，还写了二十篇阅读体会，给大家做了一个学期的会前分享，这之后才对这本书有了较为深刻的理解。就是这样一个过程，让我对该书经历了一回生二回熟的状态。除此之外，我还读了苏霍姆林斯基的其他著作。因此，我对这本书就不再陌生，自然在听魏老师的课时也就能够听得津津有味了。

作为老师，像这样的书籍的确是应该经常翻看的，而且应该将其中的内容内化到自己的语言系统当中，成为自己生命中的一部分。否则，很多书第一回看不懂扔在一旁，可能永远就没有机会再接近它。而这样的读书方式，不能让自己进步。

面对这样的书，我们经常去看看，有魏老师的共读讲座，更应该经常去听一听。如此重复，就像是"重要的事情说三遍"一样，会让我们更加有印象的。相信在未来的某一天，你会突然眼前一亮的。

与大家共勉。

与大家同行 周国平

2022 年 12 月 14 日

小学语文老师要有阅读使命感

——给语文老师的一封信

尊敬的各位语文老师：

大家好！

我是一名乡村语文老师，也是一名乡村小学校长。因为对乡村学校小学生的阅读情况颇为了解，所以会有担忧。

估计乡村小学的语文老师都会有这样的经验：同样备好的一节课，在乡村上与在城里上，效果完全是不一样的。城里的孩子侃侃而谈，乡村的孩子支支吾吾。还有，同样一个语文老师，在乡村教书时孩子们的作文干巴巴的；调到城里教书时，孩子们的作文写得又长又美。

为什么会这样呢？

我曾做过调研，首先，相对于城市孩子而言，乡村孩子缺乏优质的语言环境。乡村的孩子由于各方面的原因，与家长沟通较少。即使有沟通，受家长自身语言素养的客观水平的影响，孩子语言能力的养成效果也一般。其次，乡村孩子缺少"走出去"的机会。以调查的某一个班级为例，三十七名五年级学生，只有一位去过省城杭州西湖。乡村孩子的家长忙于生计，无暇顾及孩子的课余生活。最后，乡村的整体文化环境缺失。没有图书馆，没有博物馆，就连个像样的文具店都没有。

因此，乡村孩子的语言发展是滞后的、缓慢的。

那么城市的孩子又是什么情况呢？他们阅读情况是不是就很好了呢？也未必。我们发现城市的学生受学业压力的影响，挤掉了很多的阅读时间。多数老师的阅读也只是停留在"打卡"和"阅读存折"的层面，更多的是一种"我布置你读书"的阅读方式，并没有让学生真正走进阅读，体悟阅读对生命成长的意义。

作为小学语文老师，不管你是在城里还是在乡村，我们都应该怀有一种使命感，去带领学生把书读起来。否则，阅读对于他们来说，还只是一句口号。基于这样的认识，我们才把阅读作为学校的最重要的事情来做。

我们应该怎么做呢？

一是团队合作，让教室里有好书。 乡村学校图书馆的馆藏质量无法满足学生的阶段性阅读需要，而学生家长购书的意识又稍显薄弱，因此，我们首先通过学生认领、家长代表代理购买的团队合作形式，让每一个学生有了两本书，让教室里有了近百本好书。其次，我们与公益机构合作，以学校提供书单他们购买的形式，又让一间教室里多了近百本好书。再加上学校图书馆的一部分书，老师们带着自己的童书，这样一来，书的问题就解决了。

二是巧用时间，让学生读好书。 乡村学校的孩子每天上学都很早，有的家长甚至六点半就把孩子送到学校了。那我们为什么不好好利用这些时间呢？于是，我们就通过一套程序设计，对早到学生的时间进行管理，让孩子一进教室就安静读书。到八点时，我们还会启动晨读时间，让学生晨读二十分钟。

另外，我们每天中午有十分钟大声朗读的午读时间，每周每个班级有一节阅读课，每周五的中午全校静默，全体师生有一个小时的"大阅读时间"。这样，在学校里的阅读时间就得以保证了。

三是用技术培养读书的习惯。 孩子们在学校里的阅读没有问题了，但是回到家没有人监管，手机和游戏又会夺走他们的时间。怎么办？我们又想出了一些方法来监管学生一起阅读。有的老师用腾讯会议，有的老师用企业微信，通过大家打开视频的方式，"面对面"进行每晚的挑战一小时的阅读活动。每天晚上七点，老师们只需要在手机上打开视频，大家就会自觉地在手机前进行阅读。

另外，我们每一个学生都有一本海量阅读记录本。每一个学生读了一本书，都会将书名和字数进行登记和统计。大家一起共同比赛，看谁的阅读量更多。

四是用活动让学生享受阅读。 我们不仅要让孩子们把书读起来，还要让他们把书读进去。因此，我们还用整本书共读、童话剧会演的形式，让学生真正享受阅读的乐趣，体悟阅读中的智慧。每一个学期，我们学校每一个班级都会安排两本书的整本书共读，

会有一场童话剧的演出。如学生读《草房子》，我们就会共读讨论
"秃鹤的秃，对他来说意味着什么？他是怎么面对这个问题的？如
果是你，你会怎么做？"等一系列问题。然后，大家聚在一起，看
《草房子》的电影。最后，一起排戏，编演《草房子》。

通过实施这样的阅读策略，孩子们的阅读量明显得到提高。
他们的阅读的兴趣骤然提升。一位家长发来信息说："感谢学校和
老师，让我的孩子养成只要有空就会读书的习惯。"

乡村的孩子能够养成阅读的习惯，真是不容易的。正是因为
不容易，却还能做得有成效，才体现了我们语文老师的价值和意
义。作为小学语文老师，我们真的要有阅读的使命感，去带着学
生一起把书读起来。

祝各位工作愉快！

与大家同行　周国平

2023 年 1 月 25 日

每天读写：教师该有的生活方式

——暑假给老师们的一封信

尊敬的各位老师：

大家好！

前些日子，我在"朋友圈"里看到匡双林老师发了一篇名为《公众号日更一个月后，收获了什么?》的文章。读完之后深感佩服。他的每日之作又是那么有质量，更是让人心生羡慕。

双林是一个既能读又能写的老师。我知道他每天都会读书，都会写东西。那么，这么长的假期他一定读了很多、写了很多。有一个暑假真是太好了！

的确，暑假对于老师而言，特别重要。这种重要不仅能给我们身体上的放松，更能让我们获得精神上的收获。暑期有大量的自主时间，老师们可以趁着这段时间，做一些拓展和积累。

这个暑假，无论是景区还是博物馆，都是人满为患。"在路上"成为这个暑假的主题词。尽管大家都知道各大景点都是人挤人，但是大家都还是愿意买门票进去看看。毕竟对于很多人来说，整天宅在家里是不好过的。

那么，除了旅游放松之外，我们想要在精神上也有所收获，可以做些什么呢？这个问题真的需要好好想一想，毕竟暑假时间比较长，如果不好好安排一下的话，是很容易虚度的。我觉得给自己报一个班去参加培训，上网听听名师大家的讲座等都是非常好的选择。可以说，一个老师的暑假生活方式，决定了一个老师成长的速度和高度。

试想一下，两个同班毕业一起参加工作的年轻老师，一个每年暑期都会给自己安排读书和学习的时间，一个没有什么安排任时间虚度，十年后两个同学在一起，会有什么结果呢？

答案是可想而知的。

我昨天非常忙碌。早上接待了五位泰顺来的校长，跟他们一起探讨如何办好乡村教育。下午，负责写我校百年变迁故事的陈少华老师，来我办公室交流如何写好文章的问题。晚上，除了去朋友家吃饭之外，还有一个线上的交流会。所有这些人，都是有暑假的，都是可以在家休息的。但是，他们都选择了学习和工作。我认为这一天对于我们每个人而言，都是有收获的一天。

尤其是昨天晚上的线上交流会，有三位老师做了 PPT 和我们分享了他们的暑期生活。他们或读书，或写作，假期生活过得非常充实。特别令人感动的是来自甘肃的郑小琴老师，她已从教三十余年，而且一直在偏远的山村学校工作。但她从不放弃学习，一个暑假她报了好多线上的学习班，读书、写作成为她的假期生活方式。

　　回想自己这二十三年的工作经历，还是觉得读书、写作才是最重要的成长途径。我本属于那种不会读不会写的人，全靠自己逼着自己一边读一边写。没想到，这么多年来还真取得了一些成就。前几天，几个朋友聚会时谈起另外一位朋友被抽调当副市长的秘书时，都在感慨一个人会写作有多么重要。

　　当然，我们老师的写作不是为了被提拔，不是为了当领导的秘书，而是为了保持自己教师专业的尊严。

　　每天读写一点点，我会感到充实一点点。因为读和写，已经成了我的一种生活方式。

　　祝大家假期愉快！

　　　　　　　　　　　　　　　与大家同行　周国平

　　　　　　　　　　　　　　　2023 年 8 月 15 日